AF452148

INSTITUT DE FRANCE

ACADÉMIE FRANÇAISE

DISCOURS

PRONONCÉS DANS LA SÉANCE PUBLIQUE

TENUE PAR

L'ACADÉMIE FRANÇAISE

POUR LA RÉCEPTION DE

M. ALFRED BAUDRILLART

Le jeudi 10 avril 1919.

PARIS

TYPOGRAPHIE DE FIRMIN-DIDOT ET Cⁱᵉ

IMPRIMEURS DE L'INSTITUT DE FRANCE, RUE JACOB, 56

M D CCCC XIX

INSTITUT.
1919. — 11.

ACADÉMIE FRANÇAISE

M. Alfred Baudrillart, ayant été élu par l'Académie française à la place vacante par la mort de
M. le comte Albert de Mun, y est venu prendre
séance le 10 avril 1919 et a prononcé le
discours suivant :

Aussi loin que je remonte dans mes souvenirs, j'y
retrouve cette salle; mes yeux d'enfant se sont fixés sur
la place où je suis; j'y ai vu se lever, assistés de fidèles
amis, des hommes éminents vers qui m'attiraient, non
seulement une admiration encore peu consciente de ses
motifs, mais l'affection et le respect.

Un proverbe, vieux comme l'humanité, dit que les
choses auxquelles nous sommes accoutumés perdent pour
nous de leur prix. Et, sans doute, est-ce vrai de la
jouissance qu'elles nous procurent quand nous les possé-
dons; mais, tant que nous nous bornons à les considérer

du dehors, elles nous apparaissent tout à la fois plus
dignes d'envie et moins inaccessibles. J'aime à chercher
dans cette interprétation la première excuse de mon audace
à briguer vos suffrages. Ne savais-je pas aussi que, dans
vos choix, vous tenez compte non seulement de la valeur
des hommes, mais de ce qu'ils représentent? Et ceci encore
m'encouragea; votre bienveillance a fait le reste. Soyez-en
remerciés, et souffrez que ma reconnaissance, après s'être
arrêtée sur vos personnes, remonte jusqu'à ces confrères
disparus dont le souvenir vous a inclinés vers celui qui se
sent aujourd'hui confus d'avoir obtenu ce qu'il n'a pas
craint de vous demander.

Le poids de cette confusion, mais aussi celui de ma
gratitude, s'accroît lorsque je considère les rares mérites
et l'œuvre vraiment admirable de l'homme illustre et
respecté à la succession de qui vous m'avez fait l'honneur
de m'appeler.

Homme d'Église, comment n'éprouverais-je pas une
particulière douceur à célébrer l'une des plus nobles
figures et l'une des plus fécondes tentatives dont le catholicisme contemporain soit en droit de se parer? Et, quand
je me souviens du courage tranquille et fier avec lequel
M. de Mun, en des temps et en des milieux où l'Église
était abreuvée d'outrages et de calomnies, sut proclamer
la bienfaisance et la splendeur de son rôle à travers les
âges, je me sens pressé de saluer, comme il eût tenu à le
faire, ce clergé de France que vous avez voulu honorer
au lendemain des jours où par son attitude patriotique, sa
bravoure sur les champs de bataille, son dévouement partout, il a si bien mérité de la patrie.

*
* *

Nos ancêtres s'arrêtaient volontiers aux généalogies. Ils eussent aimé à dépouiller une à une les branches de ce grand arbre que l'on a bien voulu mettre sous mes yeux ; ils eussent établi, non sans complaisance, que la maison de Mun, l'une des plus distinguées de la province de Bigorre, est d'ancienne chevalerie ; qu'elle a pris son nom d'un château et d'une terre, à trois lieues de Tarbes ; que l'on peut suivre son histoire jusqu'au milieu du douzième siècle et qu'un Austor de Mun prit part, aux côtés de Saint Louis, à la septième croisade.

Notre démocratie est moins friande de tels détails. Il lui suffit de savoir que celui qui l'a si bien servie, sous sa forme chrétienne, pouvait justement se dire « le fils de soldats qui, durant de longs siècles, avaient trouvé dans l'honneur de combattre et de verser leur sang pour la France, le fondement de leurs privilèges ».

C'est au dix-huitième siècle seulement que nous voyons des de Mun se rapprocher de Paris et de la cour et y contracter d'illustres alliances.

Parmi celles-ci, il en est une qui n'a jamais manqué de piquer la curiosité des biographes d'Albert de Mun : c'est le mariage qui, par une aventure digne d'un cadet de Gascogne, fit du comte Alexandre-François de Mun, maréchal de camp, l'époux de l'une des filles du fameux Helvétius, philosophe matérialiste, très féru des idées nouvelles d'où sortit la Révolution. Un charmant tableau de famille nous montre, entre ses deux filles, la séduisante

madame Helvetius, celle-là même qui — les circonstances
me feront pardonner d'évoquer ce souvenir — allait, en
touchant le cœur du diplomate avisé que l'on appelait le
bonhomme Franklin, préluder au premier rapprochement
de la France et de l'Amérique. De ces deux jeunes filles,
l'une, Charlotte, est l'arrière-grand'mère d'Albert de Mun,
et l'autre, Adélaïde, l'arrière-grand'mère de mademoiselle
d'Andlau à qui la destinée réservait d'apporter au foyer
de son cousin, qu'elle épousa en 1867, la grâce de son
esprit, la tendresse et la fidélité de son cœur.

Si l'esprit démocratique de nos contemporains fait peu
de cas des généalogies, leurs habitudes scientifiques, au
contraire, les poussent à rechercher, peut-être avec
excès, les influences de l'hérédité. Votre confrère tenait-
il quoi que ce soit des Helvetius? Assurément, le philosophe ne se fût point reconnu dans le champion convaincu
de l'Église. Et pourtant, M. de Mun qui avait gardé le
goût du monde, du théâtre et des plaisirs de société,
M. de Mun dont l'esprit, naturellement vif et gai, s'allu-
mait et pétillait au feu de la conversation, M. de Mun si
élégant en toutes choses et si raffiné, eût-il été dépaysé
dans tel de ces salons qui faisaient leurs délices des propos
de ses aïeux? M. de Mun, c'est le dix-huitième siècle,
catholique sans doute, mais c'est tout de même encore
le dix-huitième siècle.

Et voici que, touchant aux influences les plus immé-
diates, celles du père et de la mère, je dois pénétrer avec
vous dans l'intimité de cette famille exquise dont, grâce
à un livre émouvant, toute une génération a goûté les
nobles sentiments et partagé les larmes. « Qu'il me serait

doux, écrivait l'auteur du *Récit d'une sœur*, que ceux qui de nos jours font des portraits si repoussants (et qu'ils croient si fidèles) du cœur des femmes, puissent lire attentivement ce recueil où se trouvent exprimées toutes les émotions qui viennent agiter la jeunesse! Trouveraient-ils que ces cœurs si remplis de Dieu aient manqué de tendresse pour ceux qu'ils aimaient sur la terre, ou d'enthousiasme pour les beautés de la nature et de l'art? Trouveraient-ils que la pensée des choses de l'autre vie ait troublé leur gaieté ou leur naturel? qu'elles aient été austères, ou ennuyeuses enfin, ces chères créatures dont le charme extérieur a frappé tant de personnes qui ignoraient leurs âmes? »

Combien de traits dans ces lignes s'appliquent à celui qui fut le fruit le plus beau d'une tige précieuse et fragile dont tant de fleurs charmantes n'avaient donné qu'un parfum d'un jour!

Le désir de soulager une grande douleur, plus encore que l'attrait d'une union très honorable, avait arraché à la vie recueillie et séparée du monde qu'elle avait choisie pour son partage l'indépendante, la pieuse, l'ardente, la très impressionnable Eugénie de la Ferronnays et avait fait d'elle la femme du jeune comte Adrien de Mun. En ce domaine de Lumigny, où s'écoula pour une si large part la jeunesse d'Albert de Mun, elle s'était épanouie à la vie, « trouvant la terre bien belle, tout en pensant au ciel et sans craindre la mort. » Tandis qu'elle attendait la naissance du premier de ses fils, Robert, elle priait avec candeur « pour que le don de l'amour divin lui fût accordé en même temps que la vie et pour qu'il fût beau. » Le ciel l'exauça deux fois : comme Robert, Albert aima Dieu et il fut beau.

Une année, il fit la joie de sa jeune mère déjà malade ; le 6 avril 1842, elle s'éteignait doucement à Palerme. « J'ai assisté à la mort, ou plutôt à la glorification d'un ange », écrivait le marquis de Raigecourt à l'abbé Gerbet.

La Providence divine réservait aux deux fils d'Eugénie une seconde mère, tendre et dévouée, qui les éleva comme l'eût fait Eugénie de la Ferronnays.

Tous ceux qui ont approché M. le comte A. de Mun ont subi le charme presque féminin qui se dégageait de sa personne ; ils l'ont senti vibrer comme une harpe au contact de toutes les impressions ; ils l'ont connu tendre et fort, épris de la nature et de ses beautés, brûlant aussi d'une divine charité ; il était bien le fils d'Eugénie.

Rien de plus délicieux qu'un petit portrait d'Albert à dix-sept ans ; les traits sont délicats et graciles encore, sans nul empâtement ; les yeux très purs et très grands ; la physionomie très douce et très virile, à la fois rêveuse et décidée.

Tel apparaissait le jeune homme qui, deux ans plus tard, entrait à Saint-Cyr et, bientôt envoyé en Algérie en compagnie de son frère, de deux ans plus âgé que lui, y débutait dans la joyeuse et claire vie militaire d'alors.

Décidé, il l'est, certes, et de prime abord vrai soldat. Ecoutez ce récit du premier coup de feu : c'est le 2 juin 1863, près de Tebessa ; au milieu de la nuit, l'ordre de monter à cheval immédiatement : « Vous sautons sur nos pieds, transportés de joie : une marche de nuit, une expédition mystérieuse, une razzia sans doute, tous les rêves de la vie d'Afrique ont saisi notre imagination : partir

pour cette aventure, tous les deux ensemble, également
jeunes, moi sous les ordres de Robert, quelle fête et
quelle joie! »

La bataille lui fait l'effet d'un carrousel immense; au
surplus, n'est-ce pas la *fantasia* classique, le douar surpris au réveil, les femmes qui crient, les troupeaux éper-
dus, les tentes renversées, l'ennemi qui fuit et se rallie,
les visages enflammés, les burnous blancs des Arabes,
les burnous rouges des spahis, les vestes bleues des
chasseurs, les coups de feu partis des buissons, les
balles qui sifflent, Robert en danger et sauvé par son
frère; puis, le coup de main terminé, le triomphal
retour, les chevaux qui s'écartent pour ne pas fouler le
mort tombé au travers de la piste. « Cette rencontre
nous surprit comme une note triste dans un chant
joyeux; ce combat nous avait paru une fête, nous avions
oublié que la mort y faisait sa partie. »

Rêveur aussi, ai-je dit, et poète dans sa rêverie : le
voici sur le point de prendre son sommeil, en plein été,
sous un immense noyer, aux branches larges comme
celles d'un cèdre; des jardins de figuiers et de grena-
diers forment une masse impénétrable; à droite et à
gauche, de hautes montagnes et, sur leurs flancs, des
maisons sans toit et grossièrement bâties. La nuit est
venue; à travers les feuilles, on voit poindre une étoile
qui se cache et reparaît tour à tour selon les caprices du
vent; la lune est haute et met aux jardins de fantastiques
couleurs; les Arabes dorment sur le sol; les factionnaires
éloignent les esprits malfaisants par une psalmodie mo-
notone; des chiens hurlent, une brise chaude se glisse à

travers les arbres. L'oreille, d'une sensibilité exquise, perçoit mille sons; l'âme, à demi détachée du corps, s'abandonne aux doux souvenirs, puis s'élève aux pensées supérieures; c'est Lumigny avec ses vertes pelouses, avec les cyprès qui abritent tant de tombes chéries; et, parmi les étoiles au regard étrange, voici d'autres âmes qui prennent figure : « Oui, vous voilà bien, vous la première, avec vos grands yeux noirs, mon cœur vous a devinée; pourquoi faut-il que je ne puisse vous dire : je me souviens!... Mais qui donc regarde mon sommeil et veille sur moi? Celle que Dieu a envoyée pour remplacer l'âme venue tout à l'heure, celle qui me dit que tout n'est pas fini et, dans un long baiser, me donne la paix avec sa bénédiction... Admirable nature et plus admirable mille fois Celui qui a créé tout cela et dont la volonté soutient toute cette harmonie! »

Ainsi la terre d'Afrique exerçait sur l'âme du jeune soldat la même fascination religieuse que devait subir à son tour et exprimer avec un accent bien différent, et peut-être encore plus émouvant parce qu'il répondait à un drame intime, le « centurion » qui, après avoir entendu l'*Appel des Armes*, se laissait ramener au Dieu de ses pères.

M. de Mun, lui, n'avait pas besoin des leçons du désert pour demeurer fidèle à sa foi. Des trois livres que contenait sa cantine d'officier, le premier était la *Bible*, le second, l'*Imitation de Jésus-Christ*; le troisième, qui marquait des préoccupations d'un autre ordre et le désir de compléter une culture littéraire jusqu'alors un peu négligée, était les *Lundis* de Sainte-Beuve.

Revenu en France à l'occasion de son mariage, envoyé
avec le 3ᵉ chasseurs en garnison à Clermont-Ferrand, il
avait aussitôt pris contact avec les œuvres charitables,
un patronage de jeunes gens fondé par la conférence de
Saint-Vincent-de-Paul et la visite des pauvres. Une épi-
démie de petite vérole noire, où nombre de malades
éprouvèrent les effets de sa bienfaisance et de son esprit
de foi, fit entrevoir que, sur d'autres champs de bataille
que ceux de la guerre, Albert de Mun serait capable de
vertus héroïques.

Pourtant, sans les tragiques événements qui eurent une
si profonde répercussion sur sa destinée personnelle, il
est fort probable que le lieutenant de 1867 fût demeuré
l'un des brillants officiers de cette vieille armée de métier
dont, en une page gravée dans toutes les mémoires, il a
célébré la force et la gloire, un homme du monde, ai-
mable et choyé, un solide et fervent chrétien dans l'existence quotidienne, — et c'est quelque chose, — mais
rien de plus.

Toute la vie publique de M. de Mun tient entre les
deux guerres où s'est joué le sort de la France; elle est
née de la première pour trouver, dans la seconde, avec
son plein épanouissement, sa suprême consommation.

*
* *

L'histoire de la vocation sociale d'Albert de Mun,
presque un conte merveilleux! Le livre où lui-même l'a
narrée est un chef-d'œuvre de vie, d'éloquence et d'émotion. Là se révèle sans apparat la grande et belle âme du

fondateur des *Cercles catholiques d'ouvriers*; là, le secret de sa doctrine, avec sa générosité, sa puissance, ses insuffisances aussi; là, le germe, en un mot, de tout ce qui devait remplir quarante années d'une existence vouée désormais au soulagement des classes populaires et à la défense de la religion.

Quelles étapes et quels épisodes!

C'est l'armée de Metz et les combats géants, la décoration sur le champ de bataille de Gravelotte; sur celui de Rezonville, la rencontre imprévue du capitaine René de la Tour du Pin, la rapide étreinte des deux officiers qu'allait bientôt réunir la captivité, prélude elle-même d'une intime collaboration de toute la vie dans de communs espoirs; puis la capitulation, le douloureux convoi des officiers prisonniers, insultés dans les rues de Nancy et protégés par leur escorte; les longues journées d'hiver à Aix-la-Chapelle; et là, dans cette *Rhénanie* où survivaient tant de souvenirs français que la haine qui allait naître de la guerre cruelle n'avait pas encore altérés, l'initiation à des idées sociales chrétiennes jusqu'alors insoupçonnées! Un jésuite bienveillant fait lire au jeune officier le livre d'Émile Keller sur l'*Encyclique du 8 décembre 1864 et les principes de 1789*, tandis qu'au foyer de son hôte, le docteur Lingens, un futur membre du Centre, du Centre qui n'avait pas encore sacrifié à l'idole du pangermanisme, il apprend à connaître le mouvement dont l'évêque de Mayence, Mgr Ketteler, avait été l'instigateur.

M. de Mun réfléchit, et déjà les premiers linéaments de la doctrine que son ami le marquis de la Tour du Pin

devait codifier dans un livre puissant, *Vers un ordre social
chrétien*, se dessinent dans son esprit. Il sera l'homme du
Syllabus, de la Contre-Révolution, l'adversaire du libéralisme et de l'individualisme issus de 89, l'ami de la
classe ouvrière abusée et exploitée par les profiteurs de
la Révolution; et c'est dans cet état d'esprit que, libéré
par la paix, il rentre en France le 15 mars 1871.

Trois jours après, c'est la Commune; c'est Paris que
les malheureux officiers et soldats revenus d'Allemagne
ont le devoir de reprendre par la force; ce sont des
Français égarés et coupables qu'il faut réprimer et punir,
sous le regard railleur de l'ennemi qui est aux portes!

Ah! cette fois, l'esprit d'Albert de Mun ne sera plus
seul conquis à l'œuvre indispensable, urgente, mais aussi
son cœur. Car c'est son cœur qui souffre quand il voit
se dresser, cadavre à demi vivant, cet insurgé couvert de
sang qui, le bras nu, l'œil fixe, lui jette avant de mourir
ce dernier cri : « Les insurgés, c'est vous! »; quand il
lui faut s'avancer dans les rues de la capitale en conqué-
rant plus qu'en libérateur; quand sur la place de Belle-
ville, il apprend le massacre des religieux, des gen-
darmes, des gardes municipaux fusillés rue Haxo; et
lorsque dans l'église, découronnée du signe divin, il voit
la foule éperdue chercher un refuge près de Celui-là
même dont elle avait la veille renié la protection, en
même temps que la divinité. C'est Celui-là qu'il fait le
serment de rendre au peuple, lui le militaire, lui l'aristo-
crate, lui le représentant de cette société légale dont il se
demande maintenant avec angoisse ce qu'elle a fait « depuis tant d'années qu'elle incarnait l'ordre public, pour

donner au peuple une règle morale, pour éveiller et former sa conscience, pour apaiser par un effort de justice
la plainte de sa souffrance. »

Oui! mais comment s'y prendre? Et voici que, pèlerin
d'un genre nouveau, il va consulter les docteurs en
Israël. Tous, et surtout les plus grands, lui paraissent
enlisés dans le souvenir des luttes où ils ont consumé
leur existence. De celui-ci ou de celui-là un sage conseil,
mais ni la voie, ni la vie, et c'est la voie qu'il cherche, et
c'est de vie qu'il déborde.

Un jour enfin, au Louvre, dans le cabinet de service du
général de Ladmirault, gouverneur de Paris, à qui
M. de Mun était attaché, entre un homme d'une physio-
nomie modeste et distinguée, — je l'ai connu dans ma
jeunesse, — un humble frère de Saint-Vincent-de-Paul,
Maurice Meignen, fils d'un garde du corps du roi
Charles X, fondateur du Cercle catholique du boulevard
Montparnasse.

Il parle, et, — tels les disciples d'Emmaüs, — le jeune
officier sent son cœur tout brûlant. Maurice Meignen
enseigne l'amour et réclame le dévouement; d'un geste il
indique les murailles calcinées des Tuileries :

« Oui, disait-il, cela est horrible, cette vieille demeure
des rois incendiée, ce palais détruit où tant de fêtes
éblouirent les yeux. Mais qui est responsable? Ce n'est
pas le peuple, le vrai peuple, celui qui travaille, celui qui
souffre;... mais celui-là, qui de vous le connaît?... Ah!
les responsables! les vrais responsables! c'est vous, ce
sont les riches, les grands, les heureux de la vie qui se
sont tant amusés entre ces murs effondrés, qui passent à

côté du peuple sans le voir, sans le connaître, qui ne savent rien de son âme, de ses besoins, de ses souffrances... Moi je vis avec lui et je vous le dis de sa part, il ne vous hait pas, mais il vous ignore comme vous l'ignorez : allez à lui le cœur ouvert, la main tendue et vous verrez qu'il vous comprendra. »

Le cœur du soldat chrétien était à jamais conquis, son avenir décidé, l'œuvre des cercles fondée.

Le 10 décembre 1871, en dolman bleu de ciel, les aiguillettes d'argent à l'épaule, portant au côté un sabre à poignée d'acier droit et léger, ému comme il ne l'avait jamais été, ne se soupçonnant pas orateur, il prononçait son premier discours au Cercle Montparnasse : « Les yeux de ces ouvriers parisiens, fixés sur les miens, faisaient vibrer tout mon être ; un souffle surnaturel traversait la petite salle où s'enfermait le mystérieux dialogue de nos cœurs... je croyais prononcer la formule d'un pacte solennel ; sans le savoir, sans le vouloir, irrésistiblement, je me donnais tout entier. »

Alors commença pour Albert de Mun, soutenu par la mûre raison et la tendre affection de son frère Robert, à travers Paris d'abord, puis à travers toute la France, une vie de courses apostoliques qui dura plus de vingt ans, vie fiévreuse, vie d'émotions joyeuses et d'épuisantes fatigues.

Entreprendrai-je de la décrire cette vie du missionnaire de la bonne parole ? Peut-être votre indulgence m'y croira-t-elle autorisé. Qu'on la mène dans son pays ou à l'étranger, n'est-elle pas toujours semblable à elle-même ? Cérémonies religieuses ou civiles, comités, réceptions, banquets, allocutions, le discours enfin dans quelque salle bondée d'auditeurs, puis les causeries intimes qui prolongent et font pénétrer plus avant l'action de la parole publique, jusqu'à l'heure où le corps réclame impérieusement quelques moments de repos, à moins qu'un horaire plus impérieux encore n'impose le départ au milieu de la nuit, et le lendemain semblable à la veille.

Ainsi M. de Mun parcourut la plupart de nos grandes villes, sans jamais s'accorder le temps de les visiter; mais, dans chacune, « il sentit un moment palpiter l'âme du peuple chrétien. »

Avec quelle ardeur parfois! « Tenez, écrivait-il en 1903 au fondateur du *Sillon*, un jour, il y a trente ans, comme je faisais mon premier tour de France, allant de ville en ville, ainsi que vous faites aujourd'hui, répéter ces mots d'amour et de fraternité que vous échangerez tout à l'heure, dans l'une d'elles, quand j'eus fini, un ouvrier, sortant du milieu de ses camarades, voulut me répondre et, tout ému, au lieu de parler, vint se jeter dans mes bras et m'embrasser en pleurant!... Comment vous dire? Après trente ans, le baiser de cet ouvrier chrétien brûle encore ma joue! »

« Nous aimions le peuple avec franchise et passion; » en ces quelques mots, votre confrère a résumé l'âge héroïque de sa carrière sociale; et il ajoute : « Quand je rêvais alors, c'était du peuple converti; ce n'était ni de la Chambre des députés, ni de l'Académie. » M. de Mun dit vrai; il fut pourtant député et académicien; il y a de ces fatalités.

Vers la fin de 1875, M. de Mun comprit qu'il ne lui

était plus possible de concilier une existence de ce genre avec la profession d'officier, à l'heure surtout où les luttes politiques, de plus en plus accentuées, imposaient à l'armée l'obligation de demeurer la « grande muette » : non sans mélancolie, il donna sa démission. Deux mois après, les électeurs de Pontivy l'envoyaient à la Chambre ; l'Académie devait attendre vingt-deux ans pour lui ouvrir ses portes ; mais, député ou académicien, il n'en demeura pas moins soldat ; à la place de l'épée qu'il abandonnait, la Providence ne l'avait-elle pas armé des deux tranchants du glaive, grâce auquel se livrent les batailles d'idées : la parole de l'orateur, la plume de l'écrivain?

* *

Albert de Mun était né orateur. Il avait la flamme, l'image, le mouvement ; l'ampleur, la majesté des périodes, et pourtant une certaine simplicité ; le pathétique, l'ironie ; la pureté de la forme ; la rigueur de la composition qui dispose les arguments avec une logique pressante ; l'extérieur, enfin, qui commande l'attention et attire la sympathie. Sa tête fine et noblement portée, son regard ardent et loyal, sa bouche et son menton énergiques dans l'articulation, son geste noble, son accent net et sonore, tout jusqu'à sa haute taille, jusqu'à sa mise sobre et distinguée, contribuait à conquérir l'auditoire. De quelles acclamations ceux qui partageaient la foi d'Albert de Mun ont-ils mille fois salué ses vibrantes paroles! A certains jours, par exemple, lorsqu'emporté par l'émotion de ses souvenirs il rappela, d'une voix à

demi-brisée par les sanglots, la charge de Sedan qui avait
précipité dans la mort la moitié de ses camarades de
régiment, ou, lorsque, vers la fin de sa vie, protestant
contre d'inutiles concessions à l'Allemagne menaçante et
s'appuyant sur la fierté française, il lança le fameux cri
« Ah ! Messieurs les ministres, il faut que vous lui rendiez
grâces avec nous à ce généreux pays ! Il vous a sauvés de
vous-mêmes », l'assemblée tout entière, de l'extrême
droite à l'extrême gauche, se leva frémissante pour
l'applaudir.

Gardons-nous, cependant, d'imaginer que tant de dons
naturels suffissent à dispenser M. de Mun de l'effort, et
même de l'anxiété, qu'ignorent sans doute beaucoup de
beaux parleurs, mais presque jamais les vrais orateurs.
Lui-même nous a dit ce que furent pour lui « la torture
de la parole publique, la secrète angoisse qui serre le
cœur dans l'étau d'une convulsive oppression et qui tend
douloureusement les nerfs de l'être tout entier. »

Bien vite, il apprit « qu'il est impossible d'abandonner
la parole publique à l'impulsion du cœur et aux risques
de l'improvisation, qu'il faut, par l'étude et par la
réflexion, lui donner le fondement indispensable à sa
puissance et qu'un discours, comme toutes les œuvres
humaines, doit être enfanté dans le labeur et la souffrance. »

Lors donc qu'il avait quelque discours à préparer,
M. de Mun commençait par s'informer ; il allait trouver tel
homme compétent, tel maître de la science économique,
et il l'écoutait ; puis il lisait ; extraits de livres, de bro-
chures, de journaux, parfois en apparence assez éloignés

du sujet qu'il prétendait traiter, s'accumulaient en un
dossier volumineux ; tout convergeait vers le but entrevu.
L'heure venait de composer, l'heure pénible entre toutes,
nous diront les hommes du métier, tous ceux qui ont essayé
de faire passer dans d'autres âmes quelque chose de la
leur. « C'est un combat qui se livre d'abord dans la nuit ;
tout à coup, comme le soleil perce la nue, l'inspiration
s'élance, dissipe l'obscurité, illumine le sujet. Le discours
a pris corps, mais un corps fugitif qui se dérobe et qu'il
faut saisir, embrasser étroitement, jusqu'à ce que, dans
une véritable ivresse de l'esprit, la pensée maîtresse se fixe,
lumineuse, en un point culminant vers lequel il faudra,
tout à l'heure, entraîner l'auditeur dompté. Alors, les
nerfs tendus par ce grand effort, l'orateur peut paraître :
il est prêt. »

C'est en raison de ce travail intense et de ces qualités
fondamentales, nécessaires à toute œuvre de l'esprit, que
les discours de M. de Mun se lisent avec le même profit,
voire avec le même plaisir, qu'on les entendit.

Au surplus, votre confrère n'était pas moins écrivain
qu'orateur. Lorsqu'il se vit, sous peine de danger mortel,
interdire la parole en 1903, après le grand et magnifique
discours de Besançon où il parla après Brunetière, il
accepta le sacrifice infiniment cruel, mais ne renonça point
à prendre sa part de l'action commune : « Tant qu'une
arme restera dans ma main, écrivit-il, je ne la déposerai
point ; et, puisqu'à défaut de la parole Dieu me laisse la
plume, j'en veux user, encore que malhabile. »

Malhabile ! Sa plume, certes, ne l'était pas ; mais elle
devint chaque jour plus habile et plus souple. D'innom-

brables articles de journaux, maintenant réunis dans les volumes *Combats d'hier et d'aujourd'hui* révélèrent les qualités du polémiste alerte qui n'apparaissaient pas toujours dans la solennité des discours. D'heureuses et brèves formules condensèrent la pensée. La chaleur oratoire demeura, et aussi ce quelque chose de poétique que vous avez pu goûter dans les pages de jeunesse de M. de Mun. Ses impressions de vacances en Bretagne, sa description de la vieille église de Roscoff montrent que ni son cœur, ni son imagination, ni son talent n'avaient vieilli depuis le rêve sous le noyer de Tebessa.

Il avait de plus l'autorité, celle que donnent, outre la valeur intellectuelle et le succès mérité, la grandeur avérée du caractère, la longue pratique du désintéressement, la noblesse des causes au service desquelles s'étaient usées ses forces : celle du peuple, celle de la religion, celle de la patrie.

*
* *

Quelles furent les idées, quelles furent les réformes sociales par lesquelles M. de Mun chercha à porter remède aux maux de la classe ouvrière dont son intelligence et son cœur avaient été si fortement saisis ?

Si l'on veut en comprendre la genèse et l'enchaînement, il est indispensable de ne jamais perdre de vue les origines de cette vocation généreuse.

Jeune officier, il a constaté des souffrances, il a été mêlé à l'horrible drame de la Commune : et, aussitôt, comme un paladin, comme un preux des anciens âges, muni de peu de lectures et d'études, il a foncé contre le mal.

« Le passé corporatif vaguement entrevu, a-t-il écrit,
nous ravissait. »

« Vaguement entrevu, » c'est trop peu pour fonder une
doctrine. M. de Mun n'en doutait pas et, en honnête
homme, il fit effort pour se guérir de cette connaissance
insuffisante de problèmes que la générosité ne suffit pas
à résoudre. Néanmoins, le défaut de fortes études au début
de sa carrière sociale ne laissa pas que de le placer pour
toujours dans une certaine dépendance à l'égard des
hommes et des événements : inspirateur et voix de son
parti, il n'en fut jamais le théoricien.

Il a souvent suivi l'impulsion des autres, avant tout
celle du marquis de la Tour du Pin, plus tard, quoiqu'à
un moindre degré, celle d'Henri Lorin et même de tels
des jeunes chefs de l'*Association catholique de la jeunesse
française* qui l'inclinèrent vers des solutions plus démocra-
tiques, devant lesquelles il |eût d'abord reculé. Mais il
aimait les jeunes, il avait foi en eux et il se plaisait à dire
que « sans eux, on ne peut rien ».

Ses principaux maîtres furent cependant la réflexion et
l'expérience, je devrais dire « les expériences » successives
auxquelles il assista, ou qu'il fit lui-même.

Et c'est ainsi que l'histoire de sa pensée et celle de son
œuvre, bien qu'il y ait des points fixes dans sa doctrine,
se déroulent suivant le même cours que l'histoire de
sa vie.

A Aix-la-Chapelle, il se pénètre du livre d'Émile Keller
sur le *Syllabus* et, à peine entre-t-il dans la vie publique
qu'il déclare : « C'est le Syllabus que nous entendons
prendre pour base de notre œuvre... Comme nos pères

ont fait la Révolution, c'est à nous de faire la Contre-
révolution... Nous sommes la Contre-révolution irrécon-
ciliable. »

Témoin de l'insurrection parisienne, il en cherche les
causes profondes, non seulement dans l'athéisme révolutionnaire qui a fait de l'homme l'unique souverain, mais
dans le régime économique issu des principes de 89 ; la
liberté absolue du commerce et du travail n'a pas assuré
à la main-d'œuvre une rémunération équitable ; l'individualisme est la plaie qui ronge toute la société moderne ;
mais nul n'en souffre plus cruellement que l'ouvrier, parce
que nul n'a plus besoin que lui, faible et pauvre, d'être
protégé ; il y a des libertés qui rendent esclaves, et même
des libertés qui tuent.

Mais quoi? La morale chrétienne, pratiquée de part et
d'autre, ne suffirait-elle pas à prévenir ces maux? La morale
privée, non. Longtemps, on s'est borné à chercher le
remède dans la résignation des ouvriers et on s'est plu à
dire que la question sociale est uniquement une question
de vertu de leur part : pour la leur inculquer, cette vertu,
on a travaillé, et on a bien fait, à multiplier les œuvres
charitables et moralisatrices. Puis on s'est aperçu qu'elle
pouvait bien être aussi une question de vertu chez les
patrons ; et on a enseigné leurs devoirs à ceux-ci ; beaucoup
les ont pratiqués. Et l'apaisement n'est pas venu. Les bien-
faits du patron, même le meilleur, ne réussissent pas à
satisfaire l'ouvrier, d'abord parce qu'ils lui sont dévolus
à titre de munificence, de charité, et non de justice, ensuite
parce qu'il peut en perdre le bénéfice, en même temps
que ses moyens journaliers de subsistance, par le fait

d'un renvoi arbitraire auquel il est à tout instant exposé.

Donc, l'unique solution est un ordre social qui rétablisse organiquement, dans les rapports de leurs droits et de leurs devoirs réciproques, les trois agents de la production : le capitaliste, l'entrepreneur et l'ouvrier.

La morale chrétienne peut guérir la société, oui, mais la morale sociale qui sort de l'Évangile. Il y a une justice sociale fondée sur la loi divine et sur la loi naturelle; par conséquent, il peut exister une législation chrétienne du travail ; et puisqu'il y a eu un âge chrétien de la société européenne, il doit être possible de retrouver dans l'histoire cette justice, cette législation, cet ordre chrétien; si on les retrouve, il faut les restaurer.

Tandis que M. de Mun raisonne ainsi, qui se présente à lui? M. Maurice Meignen qui a étudié l'organisation du travail au moyen âge et qui a le culte de la corporation.

Ainsi M. de Mun est amené à mettre à la base de son système l'organisation corporative du travail.

La corporation doit comprendre, sans les confondre, tous les éléments qui constituent la profession, tels que patrons, employés et ouvriers, dans l'industrie; maîtres, compagnons et apprentis, dans les métiers; propriétaires, fermiers et colons, dans l'agriculture.

Ce régime, approprié aux temps nouveaux, se substituera au régime capitaliste qui n'a assuré ni le bien-être, ni la moralité des masses, et il rétablira l'harmonie par la solidarité de tous les éléments de la production. (1)

---

(1) Plusieurs des formules ci-dessus sont de M. le Marquis de la Tour du Pin.

De la corporation ainsi conçue et qui n'était déjà plus
tout à fait, remarquons-le, la corporation du moyen âge
si difficilement adaptable à la grande industrie, jusqu'au
syndicalisme, chose nouvelle, la distance n'était pas infran-
chissable. Lorsque M. de Mun vit le gouvernement et les
Chambres décidés à faire cette concession aux réclamations
du monde ouvrier, il se prononça hautement en faveur
des syndicats, mais il les réclama strictement professionnels,
mixtes, et jouissant, avec la personnalité civile, du droit
de posséder. Ainsi, ils eussent été un instrument de justice
et de conservation sociales.

Tels qu'on les institua, ils ne pouvaient que devenir, et
ils devinrent une arme entre les mains des révolu-
tionnaires.

La prévision de ce résultat douloureux et le spectacle
des abus qui continuaient — en 1884, il se rencontrait
encore des journées de 13 et de 15 heures à l'habitude,
exceptionnellement de 16, 18, 20 et même 24 heures
consécutives — amenèrent une nouvelle et décisive évolution dans la pensée de M. de Mun. Malgré les répu-
gnances et les protestations qu'il savait devoir soulever,
il réclama, plus énergiquement et plus constamment qu'il
ne l'avait jamais fait, l'intervention de l'État et des lois
protectrices de la faiblesse et des droits de chacun.

Enfin, il avait compris que, sans une législation internationale du travail, toutes les mesures prises en faveur
des ouvriers risquent d'être annihilées dans leurs effets
par la concurrence étrangère. Aussi, de très bonne heure,
adepte fervent de l'*Union de Fribourg* qui mettait en pré-
sence les sociologues les plus réputés de l'Europe, l'avait-il

réclamée dans les congrès. Il proposa même, sans
l'obtenir, la réunion, à Paris, d'une conférence où eussent
été jetées les bases de cette législation. Au commencement
de 1889, le gouvernement suisse renouvela la propo-
sition ; mais l'empereur Guillaume II la confisqua et la
réunion eut lieu à Berlin.

Par de telles affirmations, le comte A. de Mun, tout en
suscitant l'enthousiasme de nombreux disciples, ne
pouvait manquer de voir se dresser contre lui des contradicteurs partis de tous les points de l'horizon.

En déclarant la guerre à la Révolution, en en condam-
nant tous les principes, en la proclamant, à la suite de
Joseph de Maistre, satanique et l'antipode du christianisme, il pouvait avoir raison ; je dirai même que, la
définissant comme il le fit à la Chambre dans la mémorable séance du 16 novembre 1878, il avait raison ; en
tout cas, il usait d'un droit.

Mais quand on veut accomplir des réformes dans
l'ordre pratique, est-il sage de ne tenir aucun compte de
l'état d'esprit de ceux que l'on veut réformer? Or, on sait
à quel point les principes de 1789 étaient encore ancrés
dans les esprits, même de beaucoup de catholiques, à
plus forte raison de tous ceux qui se rattachaient aux
partis de gauche. « Il en est d'une discussion comme du
jeu de dominos, disait le cardinal Manning : si votre
partenaire pose trois, posez trois et vous l'amènerez
ensuite à poser un autre nombre que vous aurez choisi. »

M. de Mun lui-même admettait, avec Mgr d'Hulst et
beaucoup d'autres, que la Révolution, comme Janus, a
deux visages ; dès lors, pourquoi ne pas faire les distinc-

tions nécessaires? Pourquoi se fermer d'avance l'accès d'une grande partie du monde ouvrier, déjà mis en défiance par le nom et par l'entourage aristocratiques de celui qui pourtant l'aimait beaucoup plus que tant de prétendus démocrates?

Les économistes libéraux constataient ironiquement que le langage du « noble comte » ne laissait pas que de ressembler à celui des « pires ennemis de la société. »

Même parmi les catholiques qui reconnaissaient la nécessité de renoncer aux solutions du libéralisme traditionnel, beaucoup trouvaient excessives les tendances du comte de Mun : au *Congrès international de Liége* où elles prévalurent, en 1890, ils opposèrent le *Congrès des Jurisconsultes chrétiens*, réuni à Angers sous la présidence de Mgr Freppel, et bientôt la *Société catholique d'Économie politique et sociale*, qui prit une position moyenne.

A ceux qui lui montraient le danger de l'intervention de l'État et lui faisaient entrevoir au terme le socialisme d'État, il répondait en répudiant la doctrine socialiste : « Je ne me suis jamais, disait-il, qualifié de socialiste ; je ne me qualifierai jamais ainsi, parce que cette formule répond à tout un ordre d'idées absolument différent du mien, en particulier sur deux points principaux : le point de départ qui est essentiellement opposé aux doctrines religieuses que je professe, et le point d'arrivée, c'est-à-dire la conception collectiviste que je réprouve, parce que je ne la crois ni juste, ni pratique. »

Mais il ajoutait : « Il faut aller aux résultats ; et si je ne soutiens et si vous ne votez telles lois, nous n'obtiendrons rien. »

En fait, il a abouti. Sans entrer dans le détail de telle ou telle solution, l'Église lui a, dans l'ensemble, donné raison par la grande voix de Léon XIII. Avant de publier, en 1891, cette encyclique *Rerum novarum*, dont on a dit justement « qu'on n'en saurait exagérer l'importance historique (1) » et qui demeure, après vingt-huit ans, écoulés, « la charte du catholicisme social », le Pape avait fait à notre compatriote l'honneur de lui demander un mémoire et il lui donna la joie de voir confirmer de si haut les principes essentiels auxquels il s'était tenu.

Le Parlement français, de son côté, avait adopté, ou était à la veille d'adopter, lorsque mourut M. de Mun, presque tout ce qu'il avait, véritable précurseur, proposé, dès les premières années de sa carrière : repos hebdomadaire, limitation des heures de travail, semaine anglaise, protection du travail des femmes à domicile, des femmes et des enfants à l'usine, assurances obligatoires contre les accidents professionnels, les maladies et la vieillesse, retraites ouvrières et paysannes.

Sa pensée — trop souvent, il est vrai, dépouillée d'heureux correctifs — s'était réalisée dans le texte d'une loi ou d'un décret d'administration publique. La majorité n'avait garde de laisser à l'orateur catholique le bénéfice de ses interventions; nous avons une loi Waldeck-Rousseau et des décrets Millerand; nous n'avons pas de loi de Mun.

Il en prenait généreusement son parti. Comme tel autre catholique de son école retirant, malgré la priorité du dépôt, un projet de loi devant un projet analogue issu de

---

(1) M. Victor Giraud.

la gauche, il aurait dit volontiers : « Je suis comme la mère du jugement de Salomon; j'aime mieux donner mon enfant à un autre que de le voir périr. »

La génération nouvelle, pénétrée de ce qu'elle doit à ces humbles qui ont porté le poids le plus lourd de la lutte cruelle et meurtrière, s'inspirera du même esprit; elle reconnaîtra pour l'un de ses guides les plus clair-voyants le chrétien social qui s'est simplement rendu jus-tice lorsqu'il s'écriait un jour : « Messieurs, je ne suis pas un enfant du peuple; mais permettez-moi de le dire, j'ai vécu assez près de lui pour le connaître et avoir le droit d'en parler; depuis le lendemain des grandes catastrophes de 1871, j'ai vécu tout entier au service d'une idée, le salut de la classe ouvrière, son salut moral et le progrès de sa condition matérielle, tous deux inséparables dans ma conviction. J'ai vécu, je devrais dire nous avons vécu, car je ne suis qu'un des soldats de l'armée catholique qui s'est consacrée à cette tâche, nous avons vécu courbés, pour ainsi dire, sur cette pensée unique : servir la cause des travailleurs. »

*
* *

« Je n'entre dans ces débats, disait un jour M. de Mun à la Chambre, que pour remplir ce que je regarde comme mon devoir de chrétien;... j'y entre parce que j'entends au fond de mon âme comme un appel incessant, com e une voix pressante qui m'oblige à tourner vers les déshé-rités de la vie toutes les leçons, tous les principes, tou.es les espérances de ma foi. »

Telle est la pensée qui a constamment dominé la vie publique de votre confrère. Lorsqu'il se présenta pour la première fois aux électeurs de Pontivy, il leur fit cette déclaration : « Convaincu que la foi catholique est dans l'ordre social aussi bien que dans l'ordre politique la base nécessaire des lois et des institutions, que seule elle peut porter remède au mal révolutionnaire, conjurer ses effets et assurer ainsi le salut de la France, j'ai la ferme résolution, quel que soit le terrain où Dieu m'appelle à le servir, de me dévouer sans réserve à la défense de ces principes. »

Cette profession de foi, M. de Mun lui-même l'affirme dans ses souvenirs, fut pendant trente-huit ans la règle de sa conduite politique.

Elle n'était assurément pas de nature à plaire au parti qui arrivait au pouvoir et qui, sous l'empire d'une passion surprenante pour beaucoup d'honnêtes gens, entendait solidariser le régime républicain avec une doctrine de laïcité absolue, radicalement opposée au christianisme. Dès lors, s'exerça à l'égard du député de Pontivy l'odieux système, implacablement poursuivi, des enquêtes et des invalidations.

Même M. Jules Simon, à qui une destinée imprévue réservait M. le comte de Mun pour successeur à l'Académie, tenait à empêcher sa réélection et gourmandait la presse républicaine trop indulgente à son gré pour un candidat dont elle ne pouvait se défendre de louer le caractère et l'éloquence : « Il n'est connu, disait-il, que pour avoir, étant cuirassier, passé son temps à faire des sermons ! » Quant à son talent d'orateur, de quoi donc est-il fait, sinon « de la voix, du geste, de la figure, qualités de comédien, et d'une certaine facilité à débiter des lieux communs, qualité de prédicateur? »

Quatre ans ne s'étaient pas écoulés que, brisant avec son parti pour rester fidèle à sa cause, l'incorruptible champion de la liberté trouvait en face de lui les mêmes adversaires que l'orateur en cuirasse des cercles catholiques.

N'eût-il pas pourtant manifesté quelque surprise, lui le vétéran des luttes politiques, si on lui eût prédit qu'un jour pas très lointain naîtrait où, par un accident analogue, l'élu du Morbihan tomberait sous les coups d'une partie des siens et se verrait réduit à chercher dans un département voisin une circonscription électorale déterminée, coûte que coûte, à donner le pas aux intérêts de la religion!

M. de Mun n'ignorait point que la vie sociale d'une nation n'est pas sans dépendre quelque peu de sa vie politique. Le marquis de la Tour du Pin, son guide et son ami, voyait dans la monarchie traditionnelle le couronnement nécessaire de l'édifice à la restauration duquel il travaillait.

Au lendemain de la chute de l'Empire, auquel il avait failli se rallier, et des désastres de 1870, M. de Mun, comme un très grand nombre de catholiques et de bons citoyens, avait mis toutes ses espérances dans le prince qui incarnait en son auguste personne la monarchie très-chrétienne, M. le comte de Chambord. Et celui-ci avait prodigué au protagoniste de la contre-révolution les encouragements et les éloges; c'est même à lui qu'il avait adressé la parole fameuse : « Il faut, pour que la France soit sauvée, que Dieu y rentre en maître pour que je puisse régner en roi. » Il avait daigné accepter d'être le parrain de son troisième fils.

A Vannes, en 1881, M. de Mun avait évoqué la tradition nationale tout entière et « sous le nom qu'elle porte dans l'histoire : la royauté française. »

Près du lit de mort du prince, il était tombé à genoux « le cœur serré, les yeux dilatés par l'émotion, la gorge contractée ». Il avait vu les plis alourdis du drapeau fleurdelisé s'incliner comme désespérés vers la tête de celui qui l'avait préféré au trône ; de son cœur débordant, était sorti l'émouvant récit : *Les dernières heures du drapeau blanc*. Sans délai, M. de Mun avait reconnu et travaillé à faire reconnaître les droits héréditaires du comte de Paris.

Et cependant, suivant la juste remarque d'un homme qui l'a approché de très près (1), le discours de Vannes, « Dieu et le Roi », fut dans sa carrière quelque chose de plus nouveau et de moins conforme à l'ensemble de ses idées que le discours de Saint-Étienne où, onze ans plus tard, il se plaça, selon le vœu de Léon XIII, sur le terrain constitutionnel. De la formule du comte de Chambord, il eût volontiers interverti les termes ; pour lui, le rétablissement du trône de Saint Louis n'était que le gage de la restauration de la loi du Christ.

Dès 1883, n'adressait-il pas à la majorité républicaine cette adjuration qui était dans le cœur d'un si grand nombre d'entre nous : « Ah! si vous aviez fait une république assez large, assez grande pour que tout le monde y pût trouver une place! »

---

(1) M. Geoffroy de Grandmaison.

Au lendemain des élections de 1885, il avait voulu fonder « un parti catholique uniquement occupé de la défense religieuse et de la revendication totale, contre les principes de la Révolution, des principes chrétiens pour l'Église, pour la famille et pour le peuple. » Il n'y avait renoncé que sur l'avis formel de Léon XIII et de plusieurs évêques qui ne croyaient pas à la possibilité de fonder, dans notre patrie agitée par tant de passions et d'intérêts, un parti qui n'eût d'autre base que le souci de la religion.

En 1891, frappé par l'échec du boulangisme, où il avait cru voir le salut de la cause qui lui était chère, — et il avait, non sans peine, fait partager cette erreur au comte de Paris, — il était entré dans le *Comité central de l'Union de la France chrétienne*.

L'année suivante, même après la publication de l'encyclique du 20 février 1892, il avait tenté de constituer avec les premiers chefs de la jeunesse catholique, en dehors de tous les partis, une *Ligue de propagande catholique et sociale*. Mais les passions politiques avaient été les plus fortes.

Il ne lui restait plus qu'à se remémorer la solennelle promesse qu'il avait faite à Léon XIII, en 1878, de servir en tout l'Église, et donc d'accepter les directions pontificales. Il savait ce qu'il lui en coûterait ; personnellement, il eût préféré se retirer sous sa tente et se tenir désormais à l'écart ; on le conjura de ne pas livrer à elle-même et sans direction, une jeunesse qui avait foi en lui. Et c'est pourquoi, lorsque M. Jacques Piou constitua l'*Action libérale populaire*, M. de Mun s'associa à cette initiative et encouragea les catholiques à suivre son exemple.

Il semble que, sur ce point encore, les événements, ceux surtout des dernières années, couronnés par la reprise de nos provinces perdues, aient, en affermissant le régime établi, justifié la manière de voir et d'agir du comte Albert de Mun. A ceux qui gouvernent de réaliser l'espoir que conçut ce grand cœur et d'amener notre patriotisme, aujourd'hui séduit, à s'incliner complètement devant l'œuvre qu'au lendemain de la victoire sur l'étranger il leur reste à accomplir : la restauration définitive, par le respect de toutes les libertés légitimes, de la paix entre les Français !

Avec quelle passion M. de Mun s'attacha jusqu'au dernier jour à former un parti social catholique ! Quels appels enflammés il adressa au clergé et aux classes dirigeantes dans l'admirable livre : *La conquête du Peuple !* De quel amour il accompagna les progrès de cette *Association catholique de la jeunesse française* qu'il avait fondée en 1886 avec six personnes et qui comptait, à la veille de la guerre, plus de cent vingt mille membres. Lorsqu'en 1911, l'Association célébra ses noces d'argent, à la salle Wagram, l'orateur salua en termes émus l'homme qui avait su conquérir et ébranler cette multitude de jeunes. Albert de Mun était là vieilli, mais droit, ferme et souriant dans sa haute stature, tandis que montaient vers lui des acclamations qui lui témoignaient la gratitude des catholiques français.

Nul ne la méritait davantage, car, ainsi que le disait déjà le juge entre tous autorisé qui, il y a vingt et un ans, recevait ici même son nouveau confrère, « personne n'avait ressenti avec plus de vivacité que lui les blessures infligées à la conscience des catholiques et ne s'était fait avec autant d'éclat l'écho de leurs plaintes. »

Ces discours qui rappellent si fortement le temps « où les Français ne s'aimaient pas, » je souhaiterais aujourd'hui les passer sous silence. Mais en ai-je le droit? Ne serait-ce pas une injustice à l'égard de Celle qui a tant souffert, je veux dire l'Église, et du défenseur qui, en plaidant pour elle, se faisait l'avocat d'une mère très aimée?

Je les évoquerai donc ces courageuses campagnes où, sans se laisser abattre par la répétition des assauts, M. de Mun combattit pied à pied pour toutes nos libertés.

Revoyons-les ces milliers d'écoles arbitrairement fermées; ces hôpitaux privés des secourables sœurs et du crucifix consolateur; ces religieux poussés, flot lamentable et glorieux, vers les rivages de l'exil et y portant, avec le nom du Christ, celui de la France aimée quand même. Entendons-les encore une fois ces protestations virulentes contre la brutale abrogation du Concordat et contre la séparation de l'Église et de l'État qui révoltait M. le comte de Mun, non seulement en raison des conditions où elle se fit, mais surtout parce que, au contraire de collègues séduits par l'indépendance recouvrée, il ne pouvait s'empêcher d'y voir « l'apostasie officielle de la France ». Ah! ne soyons pas surpris qu'un jour, dans un élan d'indignation, — le sang de femmes chrétiennes avait coulé à Châteauvillain, — l'orateur catholique ait enfin laissé sortir de son cœur oppressé ce cri de deu-

leur et de colère : « Entre vous et nous, il y a la croix
renversée ! »

Je m'arrête. Puisse le souvenir de tels événements nous
préserver de leur retour ! Pour refaire la France, l'union
n'est pas moins nécessaire qu'elle ne le fut pour la sauver.
J'ai le droit d'ajouter que l'opinion d'une grande partie
du monde attend la politique française à ce tournant et
que, suivant l'attitude qu'elle adoptera, la France elle-
même gardera dans son intégrité, ou compromettra pour
une part, l'incomparable prestige moral que la guerre
lui a reconquis.

*
* *

Un jour devait se lever, inestimable récompense d'une
belle vie, où le comte de Mun verrait toute la France avec
lui. Nul ne possédait à un plus haut degré ce que j'appel-
lerai le sens national. Prononçant à l'Académie l'éloge
de M. Jules Simon, il se refusait à porter un jugement
sur les hommes qui avaient conduit la politique et la
guerre après le 4 septembre 1870 : « Au-dessus, bien au-
dessus d'eux, disait-il, une image est dressée qui fascine
mes yeux, spectre magnifique dont la taille, à chaque pas,
se hausse dans le recul du temps ; c'est la France, découronnée de sa vieille armée, debout cependant, toute cris-
pée en sa souffrance héroïque, et, sur les champs glacés
de la Loire et de l'Est, entre les murs implacables de
Paris bombardé, raidissant ses membres brisés, pour
sauver son honneur dans des combats sans espérance.
Elle seule est grande ! Depuis un quart de siècle, nous

vivons de cette illustre agonie, germe inépuisable d'espoirs invaincus. »

Ce qui paraissait le tout de sa vie, son œuvre sociale et la défense religieuse, ne l'avait jamais absorbé tout entier. Combien de discours à la Chambre, combien d'articles dans les journaux sur les questions militaires, coloniales, ou de politique étrangère!

Chaque fois que l'heure tragique parut sur le point de sonner, son âme qui jamais n'avait accepté la défaite, tressaillit et vibra d'espérance. Relisez ces pages superbes de 1905 : *Patriotisme : Hier et aujourd'hui.* M. de Mun y raconte la séance du 8 février 1887 où, dans le plus solennel silence, furent votés les crédits réclamés par le président du Conseil pour la réfection de l'armement. « Il sembla, écrit-il, que l'âme de la patrie traversait la salle. »

Lorsqu'il devint évident qu'elle ne pouvait plus être longtemps retardée, cette heure attendue et redoutée, M. de Mun était prêt et bien armé. La question nationale devint son unique souci.

L'Écho de Paris, le Figaro, le Gaulois, recueillirent chaque semaine, « non pas le téméraire appel d'un cœur de soldat au hasard d'une guerre préméditée, mais l'avertissement réfléchi d'un patriote attentif à la menace d'une guerre inévitable ». Trois volumes : *Pour la Patrie, L'heure décisive, La guerre de 1914 : derniers articles,* transmettront à la postérité l'histoire de cette suprême campagne d'Albert de Mun et rendront sa mémoire sacrée pour tous les Français.

Dès les premiers jours de la crise de 1911, il vit clair

dans l'avenir de la Patrie et, au son qu'avait rendu le peuple de France, il comprit ce qu'elle serait devant le danger : « Le coup d'Agadir avait frappé, comme la baguette magique, le cœur de la France engourdie. En un moment, elle fut debout, ses fils ranimés se regardèrent dans les yeux et reconnurent le visage ancestral. Il y eut un cri qui courut comme un choc électrique : En voilà assez! »

Il constata avec une indicible joie l'orientation nouvelle de la jeunesse intellectuelle qu'il sentit toute prête à donner à notre génération la double leçon du chrétien et du soldat, c'est-à-dire celle qu'il n'avait cessé de donner lui-même.

Presque tout ce qui est advenu au cours de l'effroyable tourmente, M. de Mun l'a annoncé dès 1913. Il a prévu que de la guerre balkanique sortiraient la guerre générale et le duel des Slaves et des Teutons; que l'avenir de l'Angleterre et celui de la France se joueraient simultanément; que l'Autriche et l'Italie ne combattraient pas du même côté; que l'Autriche serait partagée et que de nouvelles nationalités naîtraient de ses débris; que, dans le drame oriental, tout l'avenir de la race germanique serait en cause; il a écrit que, dès que la Russie ferait un geste, l'Allemagne serait debout à côté de l'Autriche et qu'elle sommerait la France d'accepter une humiliante neutralité, sous peine d'avoir à porter le poids principal de la guerre; il a prédit encore que la neutralité belge serait violée et que, des plaines du nord, l'armée allemande descendrait jusqu'à Meaux si, avant l'échéance fatale, nous n'avions pas recruté et formé des forces militaires plus nombreuses. Enfin, avec l'accent de la certitude, il a déclaré que la voix de l'Internationale ne serait pas écoutée et que la brutalité des faits étoufferait ses vains discours.

Sur un point seulement il demeura dans l'illusion : il crut que la guerre naîtrait uniquement de l'instinct des peuples précipités les uns contre les autres par les forces aveugles de leurs appétits et de leurs passions et que, — je le cite, — « ni le vénérable souverain de la monarchie autrichienne, ni le tsar pacifique, ni l'empereur allemand effrayé des hasards qui pourraient menacer l'œuvre de son règne », ne seraient pour rien dans le déchaînement du fléau. Nous savons, nous, que l'empereur d'Autriche oublia ce qui pouvait le rendre vénérable et que, par l'avide ambition de réaliser au plus tôt son rêve, l'empereur d'Allemagne le ruina pour jamais.

Précisément, parce qu'il avait conscience de l'imminence, de l'étendue et des conséquences presque incommensurables du conflit, M. de Mun voulait que la France consolidât ses alliances, s'armât et s'unît. Il tenait pour un crime de lèse-patrie tout agissement capable de compromettre notre entente avec l'Angleterre et avec la Russie, toute préoccupation électorale tendant à refuser à la France les hommes dont elle avait besoin et pour le temps nécessaire, toute pensée politique qui ne mît pas au-dessus des intérêts de parti celui de la nation.

Le tocsin de la guerre le trouva dans sa petite maison de Roscoff, au milieu de ses fidèles électeurs, et déjà bien malade ; à peine pouvait-il marcher ; pour monter les étages, il se faisait porter sur un fauteuil.

Sans retard, il fut à Paris ; d'un regard d'envie, il vit

partir ses trois fils pour l'armée : « Puisque, douleur poignante, écrit-il, le 2 août, le vieux soldat ne peut plus être dans le rang tandis que va se jouer la partie suprême attendue depuis quarante-quatre ans, peut-être pourra-t-il servir encore utilement la patrie avec la seule arme qui reste à son bras vieilli. »

Il siégea à la Chambre le 4 août, le *jour sacré*, c'est ainsi qu'il le désigne : « Barrès a dit l'inoubliable séance ! Je ne veux ajouter qu'un mot pour crier après lui mon émotion profonde, ma poignante admiration, ma fierté patriotique. Rien ne s'est vu de si beau, de si grand dans notre histoire. »

Notre armée entre en Alsace ; Mulhouse est pris ! « Comprenez-vous à ces trois mots, vous les jeunes, et vous-mêmes entrés dans la vie depuis quarante ans, comprenez-vous à ces trois mots quel coup au cœur, quel sursaut de tout notre être pour nous les vieux, les vaincus de 1870?... La revanche ! C'est donc vrai ! Nous pouvons espérer, avant que Dieu nous rappelle, voir ce grand retour de justice et de gloire. »

Ces beaux jours n'étaient que le prologue du drame : voici les heures lourdes et silencieuses, la longue veillée des armes qui précède Charleroi ; déjà l'angoisse s'insinue dans les cœurs.

M. de Mun a offert ses services à la Croix-Rouge ; tous les besoins de nos soldats lui sont présents. Il n'oublie pas les âmes. Il sait combien insuffisante est l'aumônerie militaire, telle que l'a organisée le décret de 1913. Sur son initiative, — bénie par des milliers de mères chrétiennes, des milliers aussi de blessés et de mourants, — le

ministre permet de faire appel à des aumôniers volontaires ;
M. de Mun reçoit leurs engagements ; il assure leur
subsistance ; c'est la dernière œuvre qu'il ait créée et
dans cette œuvre encore, se rencontrent le soldat et le
chrétien.

Mais surtout il inaugure ce ministère qu'il a si justement
nommé : « Le ministère de la confiance publique. »

Tous les jours jusqu'au 5 octobre, il relèvera les cou-
rages défaillants et tiendra haut les cœurs. Ah ! les titres
merveilleux de ses articles, à eux seuls un mot d'ordre et
un programme : *Confiance : Inébranlable confiance ; Porteurs
de confiance ; Force d'âme ; Soutenez les âmes ; L'exaltation de
la patrie ; Qui peut douter ?* et surtout : *Tenir : Toujours tenir :*
« Tenir, parce que dans ce duel immense où est engagée
la vie des nations, la nôtre avant toutes les autres, nous
n'avons pas d'autre moyen de salut. La défaillance ne serait
pas seulement la honte, ce serait la mort de la patrie !...
Si nous savons tenir, tenir coûte que coûte, la victoire
finale est certaine. »

Même quand l'ennemi est à Compiègne et que, dans la
capitale, la sourde voix du canon s'entend déjà, il garde et
conseille l'espérance ; il explique pourquoi cette espérance
est fondée.

Il voit nos armées libres de leurs mouvements, éche-
lonnées sur les flancs de la colonne allemande qui déferle
vers Paris ; menaçant ses communications, rompant sa
marche par des combats magnifiques ; il voit l'armée anglaise fortifiée sans cesse par de nouveaux renforts, il
entend, à l'est de l'Europe, les pas rapides et tumultueux
des armées russes qui prennent Lemberg et chassent

devant elles les populations effrayées de la Prusse orientale
tandis que, par une conséquence inéluctable, sur les lignes
de Belgique roulent des trains qui ramènent une partie
des troupes allemandes ; par dessus tout, il sait que nos
soldats ont gardé l'entrain des premiers jours et que la
voix mâle du chef impassible qui dirige la retraite leur
signifiera, à l'heure voulue, l'ordre de se retourner, de
faire face à l'ennemi, et de vaincre ou de périr.

En effet, c'est la Marne. Dieu a donné à l'indomptable
lutteur le bonheur de contempler l'aurore de la victoire
et d'entrevoir, dans cette aurore, le gage assuré de la
pleine et triomphante lumière.

« Je m'endors avec l'espoir au cœur ; puissé-je me
reveiller dans l'enthousiasme ! »

Ce vœu qu'exprime l'une des dernières lignes qu'ait
tracées Albert de Mun allait s'accomplir pour lui au sein
de la plus sublime des réalités, celle de l'Au-delà.

Afin de remplir sa tâche jusqu'au bout, il avait dû suivre
à Bordeaux le Gouvernement et la direction du journal
qui lui servait de tribune. Oh ! l'atroce voyage où, les yeux
pleins de larmes, mais le sourire de l'espérance sur les
lèvres, M. de Mun, en proie à de cruelles souffrances,
n'avait cessé d'encourager ses compagnons ! Nuits redou-
tables, dont chacune paraissait devoir être la dernière !
Et le matin, tous les jours un peu plus pâle, un peu plus
haletant, il se remettait à l'œuvre, écrivant son article,
s'occupant des prisonniers de guerre, se faisant porter
près des blessés, travaillant à obtenir pour eux l'amé-
lioration des transports et des soins. Il savait ses jours
comptés, mais, comme le plus humble de nos soldats, il

avait fait le sacrifice de sa vie. Sa sérénité ne paraissait pas troublée; sa courtoisie ne se démentait pas; il causait avec affabilité sans se plaindre jamais; il priait simplement, ainsi qu'il avait accoutumé.

Dans la nuit du 6 octobre, il tomba tout entier, comme un beau chêne qui s'abat.

Chacun de nous crut avoir perdu l'ami qui le réconfortait. La France lui fit, à Bordeaux, d'émouvantes funérailles. Représentée, dans la variété de ses éléments et de ses opinions, par tous ceux, grands ou petits, qui se sentaient quelque titre à le faire, conduite par le chef de l'État qui l'incarnait tout entière, elle marcha, unanimement reconnaissante et affligée, derrière le cercueil de M. le comte Albert de Mun. C'était justice : à soutenir nos cœurs, il avait brisé le sien.

RÉPONSE

DE

M. MARCEL PRÉVOST

DIRECTEUR DE L'ACADÉMIE FRANÇAISE

AU DISCOURS

DE

M. ALFRED BAUDRILLART

Prononcé dans la séance du 10 avril 1919.

Monsieur,

Vous rentrez aujourd'hui dans la maison de votre famille. Votre arrière-grand-père, votre grand-père, votre père, furent membres de l'Institut. Enfant, vous avez connu ces lieux, vénérables par leur désuétude même, où la noblesse d'un vieux décor français néglige comme à dessein la frivolité des parures modernes. Dès que vous avez marché, vos pas inégaux ont mesuré les gros pavés moussus de nos cours, tandis que votre main puérile s'accrochait à une basque d'habit vert. Treize membres de votre famille appartenaient alors à l'Institut. Le 28 mars 1878, le père

de votre mère, M. de Sacy, qui fut l'un des quarante et
administra la Bibliothèque Mazarine, vous fit don d'un
volume de Quintilien avec cette dédicace : *A M. Alfred
Baudrillart, futur membre de l'Académie Française.* Vous
n'aviez pas vingt ans : c'était un joli travail de prophétie. Et, sans doute, vous contemplant avec l'attention
affectueuse de l'aïeul, admirant dans l'écolier studieux ce
quelque chose d'élancé vers le ciel que le jeune homme
perd avant la vingtième année —· (cette observation char-
mante est de Tourguéneff) — Silvestre de Sacy vous
imaginait déjà revêtu de l'habit à la française avec bro-
deries vertes et la hanche frôlée par notre glaive inoffensif.
La prophétie s'est réalisée, mais point la vision. Votre
habit d'académicien est une robe noire bordée de rouge,
et vous ne portez point l'épée, étant ministre et dignitaire
de Celui qui en a proscrit l'usage.

Soyez le bienvenu, Monsieur, dans cette vieille maison.
Les ombres familiales qui l'ont fréquentée depuis un
siècle vous y font accueil, en même temps que nous. Si
elles vous escortent, elles ne percevront guère de chan-
gements. Elles reconnaîtront le verdoiement des pavés et
la poussière des murailles. Quelques bustes de plus dans
les antichambres, quelques ouvrages de plus dans la
bibliothèque, quelques taches d'encre de plus sur les tapis
de nos tables : je ne vois pas là de quoi les dépayser... La
modernité — je ne dis pas le modernisme — s'y mani-
feste bien, il est vrai, par quelques essais : l'électricité,
contre laquelle se défend encore la coupole et... un
ascenseur. Chaque fois que je passe devant celui-ci, je
pense au Cardinal La Balue, emprisonné onze ans dans

une cage de fer où il se mouvait avec difficulté. Nous ne le prenons guère, soit par esprit de tradition, soit parce que des expériences nous ont découragé.

Être « futur membre de l'Académie Française » n'est pas une situation sociale très enviable quand on a depuis long-temps les cheveux blancs : mais cela suffit pour orienter et décorer la vie, quand on les a blonds, comme vous les aviez au moment où Sacy formula sa prédiction. Elle influa sans doute, non seulement sur vos jeunes années, mais aussi sur l'ensemble de votre carrière intellectuelle. Tout un côté de vous fut toujours académique : le goût des humanités ; l'aptitude aux longs travaux qui exigent de la patience, des recherches, des documents, de la méthode, de la clarté d'exposition ; le style mesuré sans excès d'ornements, classique par la correction et un certain mépris du pitto-resque, surveillé par le goût, usant d'un vocabulaire impeccable et par cela même restreint, celui-là même dont usaient naturellement les treize habits verts qui ont environné votre adolescence. Et je pense aussi que, de cette coupole, d'abord lointaine, puis peu à peu plus proche, ont rayonné sur vous les traditions d'indépendance de l'esprit, de courtoisie dans la discussion, de respect des opinions, que vous avez toujours pratiquées, — cou-tumes d'une compagnie où s'est perpétué à travers les vicissitudes des âges et les caprices des gouvernements ce qu'on pourrait appeler : l'union sacrée des honnêtes gens.

Toutefois, l'antique collège des Quatre nations devait partager avec un autre édifice l'honneur d'exercer sur votre formation intégrale une action durable et décisive. Croyez-

vous à l'influence de la maison sur l'enfance des hommes?
J'y crois extrèmement. Les fenêtres sont des yeux dont le
regard immobile s'imprime au fond de nos yeux : et ce
beau nom d'ailes, appliqué à des abris de pierre, a un sens
intime et profond. Qu'un bàtiment d'aspect aussi original
que le couvent des Carmes, — aussi immobile depuis des
siècles dans sa structure essentielle, aussi chargé d'histoire pieuse et tragique, aussi comblé de souvenirs qui
tous se rapportent à l'àme et à la religion, — ne marque
pas son empreinte sur une sensibilité généreuse qui y
demeure un certain nombre d'années, cela paraît impossible. Or, Monsieur, sauf quelques absences de peu
de durée et qui n'ont jamais rompu le lien, vous y avez
passé cinquante et un ans. Vous y avez pénétré pour la
première fois à neuf ans, en 1868, élève de l'École Bossuet; vous y avez fait d'excellentes études qui vous ont
conduit à l'École Normale. Agrégé d'histoire, vous êtes
revenu l'enseigner, en octobre 1883, dans cette même
maison, jusqu'à la rentrée de 1889. Devenu novice de
l'Oratoire, vous avez suivi les cours de théologie dans la
même enceinte. Vous y êtes encore revenu comme professeur d'histoire en 1894, — et vous y avez occupé la
même chaire jusqu'en janvier 1907, date à laquelle vous
avez été appelé à gouverner l'Institut Catholique.

On conviendra que peu d'existences humaines ont cette
impressionnante unité de lieu. Naître, vivre, mourir dans
la même maison est un accident assez ordinaire pour des
existences médiocres : la volonté du sujet n'y a souvent
qu'une faible part. Vous, Monsieur, si vous allez, tout à
l'heure, regagner le même asile où l'on vous conduisit dès

l'âge de neuf ans, certes, il a fallu qu'une ingénieuse Providence s'y prêtât : les destinées du couvent des Carmes ont viré, parallèlement à la vôtre ; mais vous avez incliné votre destinée vers les siennes. Ces vieilles pierres, ces murs lézardés et écaillés, qui semblent, comme vous, avoir fait vœu de pauvreté, ces toits en pente abrupte, cette chapelle recueillie, ces corridors tachés du sang des martyrs de Septembre, cette chambre où les Girondins attestèrent sur les murailles, en vers pompeux ou en apophtegmes latins, leur culte de la liberté, cette froide et triste cellule où fermenta le génie de Lacordaire, ces lieux privilégiés qui exhalent le surnaturel, l'onction, l'abnégation, le sacrifice aux idées — ces lieux vous ont élu, ils vous ont appelé, ils ont jeté sur vous leur enchantement. Et vous, à votre tour, de toute l'énergie de votre cœur ardent et de votre front têtu, vous les avez élus, vous les avez voulus, vous les avez ressaisis après les avoir quittés. Vous savez bien qu'un jour, aux côtés d'Ozanam et des prêtres martyrs, vous y reposerez. Et ainsi s'est accompli entre l'édifice et l'homme une de ces mystérieuses unions que l'histoire consacre, tellement étroite qu'on ne peut plus séparer leurs noms. L'âme d'un édifice n'est pas toujours l'âme de celui qui l'a bâti : c'est plutôt l'âme de celui qui a le mieux confondu sa vie avec la sienne, de celui qui l'a le plus aimé.

Entrons avec vous dans cette maison des Carmes : l'École Bossuet, fondée par l'abbé Thenon, s'y était installée depuis deux ans quand on vous y envoya. Normalien, élève de l'École d'Athènes, l'abbé Thenon avait

formé le louable dessein d'unir, dans une commune
action éducatrice, la famille, l'université, l'église. Votre
père, le savant économiste Henri Baudrillart, eût souhaité
pour vous le lycée; Mme Henri Baudrillart eût préféré
un Collège de prêtres : l'école Bossuet conciliait tout.

Vous avez raconté vous-même qu'avant de vous laisser
franchir le seuil de la classe, votre pieuse mère vous fit
agenouiller dans la chapelle, cette chapelle des Carmes
où s'est déroulée depuis lors presque toute votre vie religieuse. Elle vous dit : « Mon enfant, tu vas entrer au collège. Pour la première fois, à l'éducation que te donnent
tes parents va se joindre celle de tes maîtres : tu appren-
dras bien des choses, demande au Bon Dieu que tout cela
soit pour sa gloire... » Pourquoi, en lisant ces lignes,
ai-je la sensation du déjà vu, du déjà lu? Ah!... Je me
rappelle... Une autre mère pieuse, un autre enfant d'intelligence précoce, élevé religieusement, qui pénètre dans
un collège parisien gouverné par des prêtres... Saint-Ni-
colas du Chardonnet au lieu du Couvent des Carmes...
Les voies de la Providence, diriez-vous, sont mystérieuses et diverses. Avant que leurs itinéraires vinssent
se croiser ici, combien ont divergé votre vie à vous et
celle de l'auteur des *Souvenirs d'enfance et de jeunesse*, qui
cependant partaient du même point! N'est-ce pas la
marque éclatante du libre esprit qui règne sous cette
coupole qu'un Renan et un Baudrillart puissent — à tant
d'années de distance — y recevoir le même accueil?

Nous nous sommes promenés ensemble, Monsieur,
dans les préaux et les jardins du couvent des Carmes.

Vous m'avez montré quelques marches usées devant une petite porte vétuste, et vous m'avez dit en souriant : « C'est sur ces marches que j'ai prononcé mon premier discours. Je ne devais pas avoir tout à fait dix ans. Je haranguais mes camarades, et je crois bien que je les excitais à quelque rébellion... » Car si vous fûtes un brillant élève (en quatrième, vous avez décroché le premier prix d'histoire au concours général) vous ne fûtes pas toujours aveuglément discipliné. Une fois même vous avez failli franchir la porte de l'École Bossuet pour ne la plus repasser : le sursaut de votre volonté déjà ferme et la clairvoyante miséricorde de l'abbé Thenon vous épargnèrent cette fâcheuse aventure. Mais il faut retenir l'incident : il aide à vous définir.

Vous aviez dix-sept ans quand la vocation sacerdotale vous fit entendre son appel. Dès lors, votre résolution est prise : rien ne la changera plus.

Pendant quinze années, vous serez élève de l'École Normale Supérieure, professeur au Lycée de Laval, au Lycée de Caen, au Collège Stanislas ; votre existence sera celle d'un universitaire de large avenir, remarqué pour la qualité de son enseignement, signalé par sa thèse. Et toute cette carrière de laïc, vous la parcourrez sans jamais discuter votre vocation sacerdotale. Quel accent donne un tel fond de surnaturel à la vie, à l'enseignement d'un éducateur ! « Élève de l'École Bossuet — avez-vous raconté dans votre discours jubilaire — élève de l'École Normale supérieure, je sentis s'allumer en moi une flamme d'apostolat, le désir de pousser loin mes études pour que la cause de Dieu en profitât... Jeune professeur,

je conservai le souci des âmes. Je goûtai l'ineffable joie
d'en ramener quelques-unes à Dieu et de donner à tous
un enseignement chrétien... » Et, comme preuve, vous
ajoutez : « A trente-six ans de distance, il me plaît de
retrouver cette phrase dans un discours de distribution
de prix prononcé sous le ministère de Jules Ferry : Un
chrétien ne peut jamais faire abstraction de sa foi; elle
est en toute chose son principe et son guide. » Voilà bien,
en effet, Monsieur, une phrase qui fait honneur à votre
indépendance. Remarquons toutefois qu'elle n'en fait
guère moins au libéralisme de vos chefs universitaires
d'alors : fonctionnaire public, vous avez pu la prononcer
publiquement, officiellement, sans être inquiété. Et puisqu'il s'agit ici de palmarès, en vous décernant un premier
prix de franc-parler, accordons au préfet de la Mayenne
— qui écouta la phrase sans sourciller — un premier
accessit de tolérance.

La dualité de votre vie, Monsieur, a certainement
contribué à modeler en vous une forme plus rare de la
personnalité. Vous êtes entré à l'École Normale, vous
avez été universitaire un peu malgré vous, par scrupule
filial : c'était le vœu de votre père. A présent que cette
décade laïque se recule dans le passé, vous ne la reniez
point; vous lui gardez de la sympathie... D'abord, ce fut
votre jeunesse, ce printemps de l'homme qui fleurit de
vingt à trente ans. Et puis cette Université de France, si
calomniée par des sectaires, ne rayonne-t-elle pas toujours
son attrait dans les cœurs loyaux et les esprits sincères
qui l'ont vraiment connue? Peut-on n'admirer point le
désintéressement, la science de la plupart des vrais uni-

versitaires français — je veux dire ceux qui vivent et
meurent dans l'Université — ce je ne sais quoi de simple,
de frugal, de quasi monastique qui caractérise leur tenue,
leurs façons, leurs mœurs, — la sincérité fougueuse de
leurs convictions, leur foi dans le progrès du monde, dans
la perfectibilité des conditions sociales, leur passion pour
le Droit et la Vérité? Vous avez, Monsieur, apprécié ces
vertus professionnelles; leur contact ou leur contagion,
si vous voulez, est un élément que je retrouve en vous à
certaines heures, par exemple dans votre plus récent
ouvrage encore inédit : la Biographie d'Henri Mazuel, très
digne universitaire chrétien qui fut un bel humaniste et un
apologiste moderne. Vous rendez là un hommage ému à
ces maîtres : « qui, — dites-vous — méritaient leur prestige par leur fidélité à la culture classique, par la force des
études à laquelle contribuaient leur savoir et leur dévouement... » Et je vois bien que vous mettez cela à l'imparfait et vous êtes trop bon écrivain pour ne pas employer
les temps des verbes selon les nuances de votre pensée.
Un lecteur superficiel risquerait donc d'entendre par là
qu'à votre sens, les maîtres actuels de l'Université sont
moins fidèles à la culture classique, moins savants, moins
dévoués. L'Université des Bédier, des Croiset, des Bou-
troux, des Bergson, des Lavisse aurait-elle donc dégénéré?
Vous ne le croyez certainement pas, Monsieur. Et cet
imparfait subtil souligne simplement ici un trait de votre
caractère. De même que souvent la douceur essentielle
de votre visage transparaît à travers le revêtement d'obs-
tination qu'y ont superposé des années de lutte, parfois
aussi, le goût de cette douceur de l'esprit qu'est le libé-

ralisme transparaît dans votre œuvre. Mais comme Apollon tirait Virgile par l'oreille quand son inspiration s'égarait, l'ange de la soumission frappe alors discrètement sur l'épaule de l'écrivain. L'écrivain obéit : et c'est chose curieuse de constater qu'il devient, dès la phrase suivante, un peu moins libéral qu'à son ordinaire.

L'Université vous a gardé dix ans et vous lui avez fait honneur. A votre enseignement d'histoire, vous avez ajouté d'innombrables articles de critique historique, un cours à l'usage de l'enseignement primaire, et enfin les travaux préparatoires sur Philippe V d'Espagne. Vous les commencez en 1886, par une mission officielle aux Archives de Simancas, d'Alcala et de Hénares. Ils aboutiront d'abord à votre thèse, en 1890, puis, après un second séjour d'enquête documentaire outre les Pyrénées, à la publication de votre œuvre maîtresse : *Philippe V et la Cour de France*. Je suspens un moment votre biographie pour m'arrêter à ce bel ouvrage, qui aurait suffi à vous désigner pour l'Académie, si vous n'aviez ajouté à vos titres d'historien des mérites d'action.

Parmi toutes les raisons que j'ai, Monsieur, de me réjouir à vous recevoir, je ne compte pas comme la moindre d'avoir lu votre *Philippe V*. Car si je n'avais pas l'honneur de vous recevoir, je ne l'aurais peut-être jamais lu à fond. Non pas que j'ignorasse son existence et tout le bien qu'on en pensait : l'Académie ne lui avait-elle pas deux fois décerné le grand prix Gobert? Mais il se développe en cinq énormes volumes grand in-octavo, qui font ensemble plus de trois mille pages. Tandis que je les absorbais, je fis un calcul (cette habitude persiste

chez les Polytechniciens, même quand ils ont mal tourné).
Je calculai que chaque page me demandait au moins
quatre minutes pour être lue. Il y a bien des façons de
lire; la plus courante, de nos jours, pourrait s'appeler
plus exactement : survoler un livre. Moi, je ne vous sur-
volais pas, je vous lisais : voilà pourquoi chaque page me
coûtait quatre minutes. Cela fit deux cents heures pour
le tout. Je lisais un peu plus de deux heures par jour. Au
bout de quatre-vingts jours, j'étais au terme de votre
ouvrage. On fait aujourd'hui le tour du monde en bien
moins de temps. Mais je n'ai pas regretté mon voyage.

On vous a parfois querellé, Monsieur, sur le choix de
votre sujet. On s'est étonné que, de tant de héros, un savant
aussi incontestable que vous eût élu Philippe V. Pauvre
personnage, en effet, — et vous en convenez — ce deuxième
fils du grand Dauphin, frappé, comme son aîné Louis,
comme son cadet Charles, de la mystérieuse tare conge-
nitale qui fera de Louis un dégénéré contrefait et embrasé,
de Charles un doux maniaque s'habillant en soubrette
pour tenir les écheveaux des dames, et de Philippe lui-
même un neurasthénique effervescent dans le style de son
aîné, mais qu'assombrissent encore le climat et les mœurs
de l'Espagne. Gouverné par les plus variables influences,
il donnera l'impression d'un jouet politique plutôt que
d'un souverain. Malgré lui, il évoluera dans des compli-
cations qui le dépassent, tour à tour inconscient et déses-
péré.... La fin de sa vie surtout est sinistre, alors qu'il
veut abdiquer, abdique, reprend sa couronne, aspire au
cloître, s'en dégoûte parce qu'il ne peut obtenir du nonce
la permission de rejoindre la reine trois fois la semaine

en temps ordinaire et une fois en temps de jeûne — transforme ses confessions en incroyables confidences conjugales, ignore la guerre qu'on lui fait faire, les courriers arrêtés, les dépêches truquées, de fausses victoires substituées aux réels désastres, — à ce point que quelques courtisans patriotes doivent l'enlever littéralement, au sortir de la messe, pour le renseigner... Avare avec cela, d'une sordide avarice, espèce de royal Harpagon qui se néglige par frénésie d'épargne, la perruque moisie, les habits et le haut-de-chausses rapiécés, tachés de tabac, fantoche de comédie, riant, radotant, gambillant, tout cela parmi l'étiquette d'une cour ligée, parmi les catastrophes de sa patrie. Ah! le triste temps, le triste lieu, le triste sire!

Et pourtant, Monsieur, vous quereller sur le choix de votre héros serait injuste, car il n'est pas, en fait, le héros de l'ouvrage; il n'est que celui du premier volume. Peu à peu, vous avez été heureusement entraîné à élargir le sujet, à traiter un problème débordant les rapports de Philippe avec la cour de France. Le vrai titre de l'ensemble serait : *L'établissement de la maison de Bourbon en Espagne et en Italie, 1700-1748.* Ce qui vous a frappé, ce qui vous a paru digne d'un important commentaire, c'est que l'on ait vu, sous l'impulsion de Louis XIV, un essai d'union des races latines, voire un effort de groupement méditerranéen qui va de l'avènement de Philippe au Pacte de Famille. Il ne vous semble pas, Monsieur, que cette longue entreprise fût nécessairement vouée à l'insuccès. « Maîtresse de la France, de l'Espagne et de « l'Italie, écrivez-vous, la maison de Bourbon pouvait

« sans crainte livrer à l'Autriche tout le centre de l'Eu-
« rope et laisser l'Orient à la Russie. Un partage à trois
« a des chances de durée... » Vous ajoutez : « La Révo-
« lution a changé cet ordre de choses. Elle a relevé,
« plus hautes que jamais, les barrières entre les peuples
« qu'elle avait souhaité d'abaisser... » Vous écriviez cela
en 1890... Depuis — et c'est hier — une nouvelle éruption
volcanique a bouleversé l'Europe. Le centre s'est effondré ;
l'orient chancelle. Des trois sœurs latines, seule l'Espagne
est restée neutre : la France triomphe, unie à l'Italie.
Une aube luit sur le monde. Il ne s'agit plus de l'alliance
de quelques familles royales, ou même de quelques peuples
de même sang : un pacte plus vaste s'élabore. *Magnus ab
integro sæclorum nascitur ordo.* C'est l'union de tous les
enfants de Japhet, sous les mêmes lois humaines, chaque
nation demeurant une personne libre. Chimère ! eussiez-
vous dit en 1890 : bien peu vous eussent alors contredit.
Cette chimère sera la réalité demain. N'en soyons pas
moins équitables envers le passé. Au cours des négocia-
tions que vous racontez, comme en bien d'autres entre-
prises, la Monarchie française, avec son génie propre et
les moyens de son époque, a acheminé le monde vers des
solutions que notre âge voit s'accomplir. Rendons-lui
l'hommage dont elle est digne, sans méconnaître qu'après
sa disparition des mains énergiques et patriotes ont
recueilli le flambeau. Est-il donc si malaisé, n'est-ce pas
au contraire un réconfort, que de proclamer entre Français
cette continuité du labeur français pour la patrie, pour
la civilisation ? Français de 1919, tombons d'accord sur
cette éclatante vérité : le génie de la France, génie

de raison, de liberté, de concorde, continue dans la victorieuse et nécessaire démocratie d'aujourd'hui l'œuvre de la glorieuse et nécessaire monarchie d'hier.

Tandis que vous assuriez, Monsieur, l'achèvement de votre grand ouvrage, votre vie spirituelle poursuivait son évolution. En 1890, vous passez votre thèse et vous entrez à l'Oratoire, dont le cardinal Perraud conduit les destinées. Vous voilà religieux, avant même d'être prêtre. Un autre édifice, non sans illustration, va vous abriter. Il ne portera pas tort aux deux autres. L'Oratoire influera peu sur votre vie apparente : d'abord parce que la congrégation fut dissoute en 1903, puis parce que le rectorat de l'Institut Catholique vous a délié provisoirement des obligations de la vie commune. Mais l'Oratoire s'enorgueillira d'ajouter votre nom au palmarès des Oratoriens membres de l'Institut. Il y en a quarante-trois depuis sa fondation. L'un d'eux fut de la section des Beaux-Arts; il était peintre. Dix-sept furent membres de l'Académie Française : j'en ai consulté la liste avec curiosité. Consulter une liste d'académiciens du passé est un exercice spirituel qu'on ne saurait trop recommander aux académiciens vivants. A l'ordinaire, cette lecture fait penser : « Combien ces défunts confrères sont oubliés! Il est impossible d'être plus oublié, plus inconnu que ces confrères défunts... » Et l'on fait sur soi-même un profitable retour. La liste des dix-sept confrères oratoriens est privilégiée. Elle contient deux secrétaires perpétuels. Elle contient le prédécesseur de Buffon et le prédécesseur de d'Alembert. On s'assure une célébrité discrète en cédant son fauteuil à un homme célèbre. Les plus marquants de la liste seraient sans contredit, avec Massillon, les trois derniers en date — le Père Gratry, le Cardinal Perraud et vous-même, si votre gloire n'était peut-être éclipsée par un Oratorien de 1684, — un simple novice et qui ne dépassa jamais le noviciat : Jean de La Fontaine.

C'est à Mgr Perraud que le dictionnaire de l'Académie doit l'introduction et la définition d'un mot assurément utile et usuel, mais ignoré de La Fontaine : le mot *chic*... Nous apportez-vous aussi, Monsieur, caché sous votre camail d'oratorien, quelque vocable bien accentué, bien significatif, bien parisien, digne de celui que fournit votre maître? Nous verrons bien... En tout cas, vous êtes assez jeune pour voter un jour l'admission d'un substantif tout neuf, pour lequel se lèveront toutes nos mains : celui de « Poilu ».

En cette même année 1890, les étudiants de l'Institut Catholique virent leur professeur, à la fois docteur et disciple, reparaître à la Maison des Carmes, et suivre les cours d'études théologiques. Ordonné prêtre en 1893, vous faites un nouveau séjour en Espagne, pour terminer vos investigations d'historien. Puis, en 1894, vous reprenez votre chaire d'histoire moderne à l'Institut Catholique de Paris : enseignement que vous avez poursuivi durant onze années devant les étudiants de licence et auquel vous joignîtes les cours d'histoire ecclésiastique à la Faculté de théologie. Vous n'en avez rien publié, mais nous en connaissons l'importance et le succès; nous savons aussi qu'il affirme, par l'objectivité des jugements portés sur les faits et sur les hommes, l'indépendance du véritable historien. Vous avez, d'autre part, rassemblé vos conférences d'apologétique dans un ouvrage intitulé : *L'Église catholique, la Renaissance, le Protestantisme.*

Enfin, vous avez donné à l'Université Catholique de Lille des conférences que vous avez réunies sous le titre de : *Quatre cents ans de Concordat.* Complet et consciencieux comme tous vos ouvrages, celui-ci aboutit au vœu que la France ne sépare pas l'Église de l'État. Deux ans après, la rupture était consommée.

En 1907, les évêques protecteurs de l'Institut Catholique vous choisissent pour succéder, comme recteur, à Mgr Péchenard. Suspendons de nouveau l'histoire de votre vie à cette date importante, pour effleurer au moins la question de l'enseignement catholique. Vous allez, une fois de plus, me servir de guide : Je me documenterai dans l'ouvrage que vous avez consacré, en 1912 et 1914, à Mgr d'Hulst, un de vos prédécesseurs en rectorat. Ouvrage excellent, mais que vous devez juger un peu court. Il n'a, en effet, que deux volumes in-octavo de 700 pages chacun et c'est un jeu de le lire, en trois semaines.

Vous nous apprenez, Monsieur, qu'avant la Révolution l'Enseignement était, à tous les degrés, un monopole de l'Église. Tout juge impartial proclamera deux évidences : que ce monopole eut parfois des inconvénients graves, mais aussi qu'il forma d'excellentes générations d'humanistes et de savants. Après bien d'autres, les auteurs de l'Encyclopédie avaient été enseignés par des prêtres. Survient la Révolution. Non seulement elle supprime le monopole ecclésiastique de l'Enseignement, mais elle ôte

à l'Église le droit d'enseigner. Du gouvernement révolutionnaire, dites-vous, cela n'avait rien d'inattendu, puisque
le mouvement révolutionnaire était en partie dirigé contre
le Clergé. Ce qui est plus singulier, c'est que pendant les
trois quarts de siècle suivants, les gouvernements succes-
sifs, dont plusieurs s'appuient sur l'Église, continueront
d'exclure celle-ci de l'Enseignement. Le premier Empire
garde jalousement à l'État la prérogative d'enseigner.
Vous citez à ce propos une phrase de Portalis où s'exprime
cette volonté jalouse, une phrase que Flaubert eût épinglée
dans son herbier de niaiseries grandiloquentes : « Toutes
les branches de l'Enseignement, dit ce fonctionnaire, ne
seront plus qu'un seul et même arbre dont les racines
tiennent dans les mains du souverain... » Sous la Restauration, comme sous Louis-Philippe, deux forces, par
ailleurs hostiles, se coalisent contre la liberté éducatrice
de l'Église : les Évêques et l'Université. L'Université
défend son monopole, les évêques défendent leur auto-
nomie diocésaine. Cependant, en 1833, la liberté de l'enseignement primaire est conquise; en 1850, celle de
l'enseignement secondaire. Reste à conquérir celle de
l'enseignement supérieur. Sous le second Empire, la question demeure constamment à l'ordre du jour : mais au
fond, pas plus que l'oncle, le neveu n'a la moindre envie
de partager avec l'Église le privilège de façonner les jeunes
esprits. De 1866 à 1870, lutte plus ardente : les pétitions
se succèdent; Duruy défend le monopole universitaire,
tandis que le Père d'Alzon, homme d'ailleurs fort distingué, ami de Gaston Boissier et fondateur des Assomption-
nistes, compare hardiment l'Université à Carthage et

réitère à son endroit le *delenda* obstiné de Caton. Un projet de loi est déposé le 1ᵉʳ juin 1870, qui accorde à l'Église les Facultés, sans la collation des grades. Survient la guerre et le projet est enseveli sous les décombres du trône napoléonien.

Ce que l'Église n'avait pu obtenir ni du premier Empire, ni des Bourbons restaurés, ni du gouvernement bourgeois de Louis-Philippe, ni de Napoléon III, elle le reçut de la troisième République presque au lendemain de son avènement. Ce sera l'éternel honneur des Jules Simon et des Renan d'avoir défendu la liberté pour la liberté, alors que ceux qui la réclamaient pour eux-mêmes n'hésitaient pas à la restreindre d'avance pour leurs adversaires. Vous citez, de ceux-ci, cette phrase-programme : « Combattre l'Université, la renverser, si faire se pouvait, par les moyens que fournissent la loi... » Pareillement, au Congrès catholique de 1874, l'ordre du jour exprime le regret « que la loi Laboulaye fût fondée sur le principe de liberté pour tous de tout enseigner... » Il eût fallu, pour contenter ces extrémistes, non pas seulement que l'Église enseignât, mais que personne ne pût enseigner sauf l'Église. Mgr Dupanloup, plus intelligent et plus juste, vota la loi Laboulaye qui passa le 12 juillet 1875 avec 50 voix de majorité.

Tout en nous racontant parfaitement, dans votre *Vie de Mgr d'Hulst*, cette passionnante histoire de la conquête, par l'Église de France, de la liberté d'enseignement, vous avez su tracer d'inoubliable façon la physionomie de ce prélat aristocratique, dont l'abord semblait frigide et dont

le cœur était chaud, philosophe et chercheur de système
par tempérament, disciple docile de saint Thomas par
soumission à l'Église, réputé rétrograde et qui percevait
infiniment mieux que d'autres les nécessités sociales des
temps modernes. N'est-ce pas Mgr d'Hulst qui défendit
la science contre la prétendue faillite imprudemment
dénoncée? N'osait-il pas écrire la phrase que voici et que
vous citez : « Sans donner gain de cause aux calomnia-
teurs du passé, il ne me paraît pas douteux que sur plus
d'un point notre âge soit en progrès. C'est l'évolution
démocratique. Comme disciple de l'Église, je n'ai aucune
raison de m'en affliger ; je dois même saluer, dans ce que
cette tendance a de légitime, un triomphe tardif de la
pensée chrétienne. » C'est que Mgr d'Hulst ne craignait
pas de faire entendre des vérités, même désagréables, à
celles de ses ouailles mondaines qu'il appelait « des
linottes parées, grisées de vanité et de passions de toutes
sortes, qui mènent gaîment les funérailles de la moralité
domestique et des vertus sociales... » Ainsi parlait
Mgr d'Hulst.

Tout le monde se rend compte des qualités de savant et
d'administrateur requises par la direction d'un grand
organisme d'enseignement supérieur. Le rectorat d'un
institut catholique exige celles-ci et quelques-unes de
plus, car s'il est toujours malaisé d'apprendre à de jeunes
esprits ce qui touche à la destinée même de l'homme :
physique, chimie, sciences naturelles, métaphysique,
histoire des religions, la tâche est plus délicate encore
dans une faculté inspirée, surveillée par l'Église. Quand

un professeur de cette Université française d'où vous êtes
sorti, Monsieur, ayant donné un effort sincère à la connaissance de la vérité, enseigne la doctrine que sa conscience et sa raison lui ont démontrée, il est quitte envers
lui-même ; rien ne troublera son repos de bon ouvrier. Il
n'en est pas de même dans une université catholique.
L'esprit le plus sincère et le plus laborieux peut être
soudain arrêté net au milieu de son enseignement. Une
voix qu'il respecte lui dit : « Tu t'es trompé. Tais-toi ou
enseigne le contraire... » Moment redoutable ; tragédie
de la conscience et de l'intelligence si poignante que les
habituels conflits de devoirs dont s'alimentent romans et
théâtres paraissent, à côté, bien mesquins. Et les cas ne
sont pas fort rares. N'avez-vous pas écrit vous-même :
« Si les limites de l'orthodoxie sont très réelles, elles ne
sont pas toujours visibles à première vue. De très bonne
foi, on peut se tromper. » Sous le rectorat de Mgr d'Hulst,
l'Institut Catholique de Paris connut deux fois cette tragédie intime ; la seconde fois, le recteur lui-même y eut
son rôle. Après avoir mis son nom au bas d'un article où
il défendait l'un de ses professeurs — le professeur
d'hébreu — et où il préconisait en matière d'exégèse
biblique ce qu'il appelait « l'école large », Mgr d'Hulst dut
sacrifier le professeur qu'il avait choisi et dont il aimait
la doctrine. Quel déchirement !

Vous n'avez pas, que je sache, subi, dans vos dix ans
de rectorat, une épreuve aussi rude. Pourtant, la tra-
versée du navire que vous guidiez se poursuivit au milieu
des écueils, et les coups de temps n'ont pas manqué. Vous
avez rencontré sur votre route la crise moderniste ; vous

avez rencontré les effets de la Séparation, enfin vous avez rencontré la guerre. Dans la crise moderniste, vous fûtes, sans hésitation et sans tricherie, d'accord avec Rome. Vous vous êtes publiquement expliqué là-dessus en termes qu'il sied de noter. « On me reproche quelquefois, avez-vous dit, et d'aucuns me blâment de ne pas être resté suffisamment libéral. Si, comme je n'ai nulle envie de le nier, il y a eu évolution, elle a été déterminée par une étude plus approfondie de la doctrine catholique et de ses conséquences ; en un mot par la conviction qu'en marchant dans ce sens, je me rapprochais de la vérité... » Voilà qui est net et coupe court à toute discussion.

La Séparation de l'Église et de l'État, consommée avant votre rectorat, ne vous en a pas moins créé des difficultés : car l'immeuble des Carmes appartenait à la mense archiépiscopale de Paris. Cette séparation, je signalais tout à l'heure que vous ne l'aviez pas souhaitée. Et cependant, vous avez approuvé la rupture, dans sa forme la moins atténuée, dans le rejet de la transaction des cultuelles. Même avant que Rome eût donné là-dessus sa réponse, vous avez par avance annoncé ce qu'elle serait au gouvernement de la République, qui vous consulta. C'est un moment bien intéressant, bien caractéristique de votre vie : il nécessite une esquisse des circonstances qui l'ont précédé. Une fois de plus, je vous emprunterai ma documentation.

Votre ouvrage sur le Concordat nous expose clairement quelles crises ont subi, depuis 1876, les relations du Gouvernement de la République française et de l'Église catholique. Ces crises datent du fameux 16 mai : on sor-

tait de la bataille politique. « Qu'au début du régime
actuel, nous dites-vous, le Clergé ne se soit pas montré
favorable à la République; qu'il y ait eu dans les premières années quelques excès de langage, quelques mani-
festations trop bruyantes et probablement intempestives,
je n'y contredis pas. » Ayant ainsi débuté, la fâcheuse
lutte se continua avec les années, s'aggravant ou s'apaisant
selon les tendances de nos ministères et de la Curie.
Vous constatez loyalement que la République fut souvent bien disposée en faveur des catholiques. Avant de
mourir, Jules Ferry — dites-vous — reconnaissait que
la France avait surtout besoin de paix religieuse. A la
tribune du Sénat, M. Challemel-Lacour se vantait d'abandonner ses préjugés du passé. M. Charles Dupuy, en
1893, applaudissait à la politique du plus grand pape des
temps modernes, Léon XIII. Enfin, en 1894, M. Spuller
prononçait le mot « d'esprit nouveau », et le commentait
en recommandant « cette tolérance éclairée, humaine,
supérieure, qui a son principe, non seulement dans la
liberté d'esprit, mais dans la liberté du cœur. » En 1896,
M. Méline disait bien haut qu'il ne persécuterait personne. Je prends ces propos dans votre ouvrage; ce ne
sont pas là, convenons-en, des propos d'antéchrist. Mal-
heureusement, les grands troubles politiques, de 1898 à
1900, ravivèrent l'esprit de parti; où il n'y aurait dû
avoir qu'une libre discussion de doctrines, les passions
des hommes intervinrent. La haine civile germa entre les
Français; un conflit plus âpre que celui du 16 mai nous
déchira. Par la force des circonstances, le pontificat de
Pie X fut un pontificat de lutte... Et j'arrive tout de suite

à cet instant de votre vie, Monsieur, que j'annonçais tout à l'heure... Voici la conjoncture : dans les premiers jours de février 1906, M. Rouvier fit porter chez vous le texte de la loi de Séparation, le projet de règlement d'administration publique et les délibérations de la commission interparlementaire. Vous étiez prié confidentiellement d'étudier le tout et de fournir un pronostic motivé sur l'acceptation ou le refus probable de Rome. Votre réponse fut : « Quoi qu'on puisse vous dire, soyez sûr que le Pape rejettera la loi... » Et vous donniez explicitement les motifs de ce refus prévu par vous.

Le lendemain de sa chute, M. Rouvier vous envoya un attaché de son ministère pour vous dire qu'il vous relevait du secret de la consultation et de la réponse vis-à-vis de vos chefs ecclésiastiques — l'archevêque de Paris et le Pape. Vous usâtes de la permission. En avril de la même année, vous allâtes à Rome. Le Cardinal secrétaire d'État, que vous ne connaissiez pas, souhaita vous voir. Il vous dit : « Vous avez bien jugé. La décision que vous avez prévue sera celle du Saint Père. »

Un mois et demi s'écoula. Les 30 mai-1ᵉʳ juin 1906, l'épiscopat français tint une réunion plénière. Au scrutin secret, par 48 voix contre 26, la majorité déclara qu'il y avait lieu de chercher un *modus vivendi* qui permît de créer des associations à la fois légales et canoniques. Un second vote, par 56 voix contre 18, adopta le projet présenté par Mᵍʳ Fulbert-Petit, archevêque de Besançon, dont la base n'était autre que le projet des « cultuelles », approuvé par le Gouvernement. Il restait à obtenir l'assentiment de Rome. Rome refusa. Le 10 août 1906 comme vous l'aviez prévu et annoncé, Pie X condamna la loi.

Et cependant l'épiscopat français, dans la proportion de trois contre un, avait accepté le principe des cultuelles. Et cependant des personnalités telles que ceux de nos confrères qu'on a appelés les cardinaux verts, Brunetière, le marquis de Vogüé, Thureau-Dangin, pour n'en citer que trois sur vingt-trois, s'y étaient ralliés... Avant Pie X, vous avez dit non : et, de la manière que vous m'avez raconté la chose, j'ai compris que vous n'aviez pas hésité. Voilà, pour moi, l'argument le plus fort contre les cultuelles. L'étude consciencieuse que je viens de faire de ces graves tractations eût tendu à me faire croire que la majorité des évêques français et les cardinaux verts étaient dans le vrai... mais vous avez dit non : cet argument personnel est parmi ceux qui me font le plus hésiter. Soyons franc, je n'en ai pas rencontré d'autre.

Mais ce n'est pas ici le lieu de s'attarder sur l'histoire de ces heures difficiles. Ce n'est pas le lieu, et, heureusement, ce n'est plus l'heure. La formidable épreuve d'où la France vient de sortir victorieuse et grandie, a rapproché les partis adverses. Tous, nous avons couru, la main dans la main, au secours de notre mère menacée. Sous la capote bleue, l'instituteur matérialiste a pâti dans les tranchées avec le prêtre ultramontain, le juif avec le Camelot du Roi, l'anarchiste avec le capitaliste. Dans le jour à jour d'une vie douloureuse et précaire, ils ont reconnu la mesquinerie des récentes querelles : le sang qui coulait de leurs blessures sur le sol sacré de la Patrie, il leur fallait bien reconnaître que c'était le même sang. Aujourd'hui, la guerre est finie, dans une apothéose de gloire. Serait-il possible que tant de jours de misère, tant d'endurance et d'héroïsme communs n'eussent servi qu'à se défendre contre le péril du dehors et demeurassent sans vertu contre les périls du dedans? Non, n'est-ce pas? Le lendemain de la guerre sera digne de la guerre. Les principes éternels que nos armes viennent de faire triompher, nous les traduirons dans nos mœurs, dans nos lois. Les beaux mots abstraits, que les drapeaux alliés déploient sur le monde, nous en ferons, non pas l'étiquette d'une politique étroite et sectaire, mais notre réalité sociale. Liberté d'enseigner pour tous, à tous les degrés; liberté de s'associer pour travailler, pour étudier, pour produire, pour prier. Égalité de tous les citoyens devant la loi et devant l'opinion, quels que soient leur doctrine ou leur culte. Fraternité sincère, fraternité comme aux jours des tranchées, s'opposant aux stériles luttes de classes. Revisons ce qui doit être revisé, renouons les liens qui furent imprudemment dénoués, mais qu'il ne soit pas dit, Français, que nous avons fait la Société des Nations sans parvenir à réédifier la Société des Français.

La lourde tâche dont vous vous acquittiez à l'Institut Catholique, Monsieur, ne suspendit point votre activité d'orateur, d'écrivain. En 1910, vous avez publié l'*Enseignement catholique de la France contemporaine*, important recueil d'articles et de conférences. J'ai dit que votre *Vie de Mgr d'Hulst* datait des années suivantes. L'Institut.

cependant, progressait et profitait sous votre gouverne, l'École des Hautes Études littéraires devenait Faculté des Lettres, l'enseignement philosophique bénéficiait de l'érection d'une faculté distincte ; des cours publics d'apologétique, d'histoire des religions, d'histoire de la Révolution française, attiraient l'élite intellectuelle du public catholique de Paris. Des cours spéciaux étaient organisés pour les jeunes filles. Une École supérieure des Sciences économiques et commerciales s'annexait à l'Institut. C'est en plein dans ce fructueux labeur que le coup de foudre de juillet 1914 vous a surpris.

Votre discours jubilaire définit fort heureusement quel principe vous dirigea dès lors. Il est revenu à votre mémoire d'historien un passage de Saint-Simon sur les dernières années de Louis XIV, les années de revers. « Parmi les adversités si longues, raconte Saint-Simon (qui n'aime point le grand Roi), son immutabilité demeura tout entière : pas le moindre changement, le même cours d'années et de journées. » Citant ce passage à vos auditeurs, vous ajoutez : « J'ai voulu que l'Institut catholique rouvrît ses portes et que sa vie reprît comme de coutume ; et lorsqu'on me demandait : Faut-il continuer ceci ou cela ? j'ai répondu : Oui... Le même cours d'années et de journées ! La parole de Saint-Simon se murmurait au fond de mon esprit... »

Toutefois, votre activité, votre énergie, ne pouvaient se contenter, en des heures si dangereuses, d'une formule simplement conservatrice. Vous avez tenu à être, dans votre sphère et dans votre mesure, un des ouvriers de la défense nationale et de la victoire : vous l'avez été. Vous n'ignorez pas que c'est beaucoup à cause de cela que les portes de l'Académie se sont ouvertes devant vous, au cours même de la guerre. Il est donc bien à propos de retracer ici ce qu'on peut appeler votre œuvre de guerre.

Un empereur germanique, belliqueux, menace d'invasion un peuple faible par le nombre, mais uni et résolu. Publiquement l'empereur professe qu'il veut simplement « maintenir les nations en paix et faire régner la justice ». Mais dans ses lettres privées, il déclara que ce qu'il veut avant tout, c'est « arracher cette mauvaise herbe de liberté qu'il abhorre, et que, depuis qu'il est arrivé au trône, cette fin a toujours dirigé sa politique... » Le petit peuple menacé est brave, il a des soldats bien équipés, il a des forteresses bien armées ; il a surtout la conscience de son droit et la ferveur de son indépendance. Autant qu'il pourra résister, il jure de ne pas laisser les Allemands pénétrer sur son territoire. Il se lève effectivement tout entier pour barrer sa frontière. Mais les Allemands, qui ont préparé leur coup de longue date, attaquent en force ; arrêtés quelque temps par l'héroïsme de leur faible adversaire, ils finissent par le bousculer ; ils passent. Le territoire est envahi, tout cède devant le *furor teutonicus*. L'insolent empereur triomphe. « Rien ne m'arrêtera plus », pense-t-il... A peine l'a-t-il pensé qu'un obstacle inflexible se dresse devant lui : l'Église. Contre l'oppresseur victorieux, le pape surgit. A la force de fer et de feu, il oppose la force morale dont il dispose au nom de la Justice éternelle. Il prononce l'excommunication contre le triomphateur; il délie ses sujets du serment de fidélité; il met en interdit la ville où il séjourne. Et, vainement, le teuton regimbe, vainement il combat; vainement il gagne des batailles; vainement il réunit sur sa tête plus de couronnes que n'en ceignit Charlemagne : le coup que lui a porté le pape est mortel. Il finit par s'effondrer et l'Empire germanique s'effondre avec lui... Honneur à l'Église, défenseur du faible, protagoniste du droit! Gloire au pape qui a fait cela. Ai-je dit qu'il s'appelait Grégoire IX, que l'empereur allemand s'appelait Frédéric II, que le petit peuple était les Lombards et que ceci se passait au XIIIe siècle, vers 1240?

Les circonstances étaient moins favorables, Monsieur, lorsqu'en mars 1916 vous commençâtes votre belle campagne de prêtre français et patriote. Il s'agissait de défendre devant les catholiques des pays neutres la cause du droit qui, pour vous et pour quiconque n'était pas aveuglé par la passion, sollicité par l'intérêt ou bridé par la peur, se confondait avec celle de la France.

Or, un peu partout dans les pays neutres, les catholiques faisaient des vœux pour le triomphe de l'Allemagne. C'est un fait que vous constatez en le déplorant. En 1915, il fallait agir, le temps pressait. Un comité catholique de propagande française à l'étranger fut fondé sous votre direction. Par le livre, par le journal, par la conférence, ce comité batailla contre la féroce propagande des catholiques allemands qui, jusque là, pouvaient librement empoisonner leurs coreligionnaires du monde entier. Dans cette lutte d'idées, le clair esprit français ne tarda

pas à triompher de l'impudent fatras germanique. Certain
volume, édité par vos soins : *La Guerre allemande et le
Catholicisme* provoqua au delà du Rhin de telles colères
que les évêques allemands tentèrent, sans succès d'ailleurs,
de le faire condamner à Rome. Une petite feuille catho-
lico-teutonne du canton d'Uri inventa de toutes pièces
une réplique de vous, et vous fit dire : « Si Benoît XV ne
comprend pas que nous avons raison, nous choisirons un
pape à Avignon... » Mentez, pensait sans doute l'inventeur,
il en restera toujours quelque chose. Il inventait bien mal,
et c'était bien mal connaître le fils respectueux de Rome
que vous êtes.

En avril 1916, il vous parut nécessaire de faire plus
encore, de porter la parole française dans cette Espagne
que vous connaissez si bien, et qui vous connaît si favora-
blement. En aucun lieu du monde la propagande germanique n'avait obtenu tant de succès. « Aux heures les plus
douloureuses de cette guerre (je cite vos paroles) l'opinion
des catholiques d'Espagne n'a pas été avec nous. On a
appréhendé nos succès et on s'est réjoui du succès de nos
adversaires. En septembre 1914, Français et Belges
n'osaient plus sortir de leurs maisons... »

Même parmi les chefs du clergé, même chez les évêques,
même dans les grands ordres religieux, la haine de la
France s'attestait par des faits que vous relatez et que je
veux relater après vous en vous empruntant vos paroles,
car, affirmés par un laïc, ils sembleraient incroyables.

Une pauvre vieille religieuse française, se mourant dans
de grandes souffrances, commet l'imprudence de dire à
son confesseur espagnol qu'elle offre ces souffrances à

Dieu pour la victoire de la France. — Le confesseur la réprimande et lui répond que par là elle n'assure pas son salut! — Dans beaucoup de journaux (je vous cite toujours mot pour mot), dans ceux qui se vantent d'être les plus catholiques, les succès des Allemands sont annoncés avec des titres gigantesques; quand il y a un succès français, il est annoncé en petits caractères et sous cette formule : *Les Français disent qu'ils ont pris une tranchée...* » Permettez-moi de constater que ce procédé ne fait pas honneur à ceux qui l'emploient. J'ignore comment cela s'appelle au pays de Figaro, mais nous savons comment cela s'appelle en bon français.

Il y eut plus. Vous avez lu — dites-vous — avec une douloureuse stupeur de patriote, d'honnête homme et de chrétien, un mandement signé d'un archevêque espagnol où la France était traitée, c'est imprimé et affiché, de pays « pourri », pourri par des vices qui étaient nommés dans le mandement, mais dont vous n'osez répéter les noms. On nous imputait toute espèce de dissolution, et on invitait les Espagnols des deux sexes à ne pas imiter ce pays pourri — le nôtre. Prétexte : les toilettes des femmes et (ceci est inattendu) les toilettes de première communion. On nous accuse, dites-vous, d'avoir introduit les modes les plus abominables, même pour les petites filles....

Braves curés de France, prêtres paysans de Bretagne, d'Auvergne, de Languedoc, de toutes les provinces où, d'un clocher roman, gothique ou moderne la cloche dominicale appelle à la messe les paysans vos frères, — poilus tonsurés qui durant cinquante mois avez pâli,

saigné côte à côte avec les autres poilus français, qui les
avez réconfortés quand l'angoisse de l'attaque prochaine
leur serrait le cœur, qui, lorsqu'ils tombaient avant vous,
près de vous, les avez confessés, absous, — curés paysans
de France, tandis qu'au prix de mille efforts et de mille
peines vous défendiez la liberté du monde contre la plus
abjecte tyrannie, voilà ce qu'on disait de votre pays,
voilà ce qu'on osait dire de vos petites sœurs les commu-
niantes, que vous recevez à la sainte Table, vêtues et
voilées aussi chastement que de petites religieuses....
Bien ! Vous avez souffert, vous vous êtes battus, beaucoup
d'entre vous sont morts pour que le Droit triomphât de
la Force, et la coalition des idées de la coalition des
intérêts. Soyez fiers : une des conséquences de votre
victoire sera que les insolentes calomnies de cette espèce
sont à jamais frappées de discrédit et s'écroulent aujour-
d'hui dans le même chaos que l'Empire allemand.

Durant un mois, Monsieur, vous avez parcouru cette
terre empoisonnée de germanisme : de Vittoria à Madrid,
de Madrid à Saragosse, de Barcelone à Tarragone, de
Valence à Alicante, vous avez porté le verbe de vérité.
Infatigable, vous avez, depuis, entrepris une nouvelle
croisade : Séville, Cordoue, Grenade, Cadix, Huelva,
vous firent un accueil émouvant. Certes, vous n'avez pas
rallié à notre cause tout le catholicisme espagnol : vous
n'avez pas converti ceux qui ne voulaient pas être conver-
tis. Mais vous avez provoqué d'éclatants retours; vous
avez persuadé les honnêtes gens, les cœurs sincères que
le mensonge égarait; voilà ce qui importe, Monsieur :

avoir les braves gens avec soi. Les autres, les irréductibles, ont aussitôt montré moins d'arrogance, et, depuis vos campagnes, on peut dire qu'il y a quelque chose de changé parmi les catholiques de la nation sœur.

Est-il besoin d'ajouter, Monsieur, que personne en France, quel que soit son parti, ne songe à rendre responsable de pareils égarements l'Église elle-même, l'Église des Mercier, des Marbeau, des Luçon, des Amette, la foi qui fut celle de Vincent de Paul, de Fénelon, de Pasteur? L'Église et le catholicisme n'y sont en rien compromis, pas plus que la chevaleresque nation dont le roi nous a donné d'éclatantes preuves d'amitié. Ayons la générosité d'oublier des méfaits de pure politique, sur lesquels d'ailleurs a définitivement prononcé aujourd'hui le jugement que vos contradicteurs ont tant de fois et si imprudemment invoqué au cours de la guerre : le Jugement de Dieu.

*
* *

Cette utile propagande, cette mémorable campagne ne furent pas toute votre œuvre de guerre. Alors que la Victoire s'inclinait déjà sur nos fanions, mais quand les mers n'étaient pas encore purgées de monstres, on vous a vu porter aux États-Unis, à l'occasion du jubilé de Mgr Gibbons, l'hommage de la France. Comment vous fûtes reçu, on le devine. Le sang, a dit Shakespeare, est plus épais que l'eau. Maintenant que le sang versé en commun soude les deux peuples, il n'y a plus d'Océan. N'est-il pas touchant de conter que vos admirateurs américains vous envoient, à l'occasion de votre réception,

une épée d'académicien? Je sais comment vous la por-
terez, en souvenir de la libre Amérique : avec le geste
des Croisés, les mains jointes sur la poitrine et la garde
sur le cœur.

Enfin, malgré tant de labeurs soutenus hors de France,
vous avez fidèlement continué d'exercer pour la patrie
votre ministère de prêtre et de prédicateur. Le prédicateur a prononcé, entre autres, trois discours : *l'Ame de
la France à Reims* (en 1914), *Jeanne Libératrice* (en 1915),
Jérusalem délivrée (en 1917), beaux discours où la maîtrise
de l'histoire fortifie l'éloquence. Le prêtre a voulu, dans
ces temps épouvantables, travailler de son état de prêtre.
Vos supérieurs ecclésiastiques vous avaient interdit de
partir pour le front : vous fûtes à Paris le consolateur
de nos blessés. Frédéric Masson — qui se connaît en
dévoûment, — vous a montré — ce sont ses termes —
« longuement arrêté à leur chevet, puis, ayant veillé le
mourant et enseveli le mort, le conduisant au champ du
suprême repos, prononçant les paroles qui absolvent et
reprenant avec la veuve le chemin de l'hôpital... »

Votre dernier discours, Monsieur, c'est l'éloge que
nous venons d'entendre du grand Français auquel vous
succédez. Ce fut pour nous un exemple, en raccourci, de
vos qualités d'historien et d'orateur. Vous avez fait un
beau discours; on ne diminue pas votre mérite en ajou-
tant : vous aviez un beau sujet. Il n'y a pas beaucoup
d'Albert de Mun dans les annales d'un pays; l'honneur
de la France, c'est qu'au cours de ses annales et surtout
dans les heures critiques, reparaît, sous des types divers,

cette figure de paladin, beau et brave, distingué de manières et goûtant la société des humbles, amoureux de la gloire et soucieux du bien de tous. La monarchie française a eu les siens, comme la Révolution et l'Empire. Un Guynemer, s'il eût survécu, en préparait un à notre âge. Sans nul doute, nous allons en voir éclore. Qui de vous, jeunes gens, qui de vous va devenir un Albert de Mun?...

En Mars 1871, celui-ci regagnait Paris, lieutenant de cavalerie revenant de captivité : il y trouvait la défaite et la révolution. Cependant, il ne désespéra pas des destinées de la France et commença aussitôt son apostolat social. Si son génie doit se réincarner aujourd'hui dans quelque officier pareil à lui, il trouvera à Paris l'ordre et la victoire; par un juste retour, la défaite et la guerre civile sont à Berlin. Ah! que n'eût-il pas donné, le soldat-apôtre, pour voir et célébrer cette revanche! Son grand cœur blessé, inguérissable depuis la capitulation de Metz, n'eût sans doute pas résisté à tant d'émotions : du moins, il fût mort sans angoisse, ayant vu les trois couleurs palpiter de nouveau sur la cathédrale de la ville où il avait vécu ses heures les plus douloureuses.

Comme il manque à l'Académie! Comme il manquera à la France de la Victoire!... Lui, Monsieur, n'avait pas évolué depuis les généreuses et libérales aspirations de la jeunesse. De plus en plus, au contraire, catholique fervent, il comprenait les nécessités de la Société moderne : il ne s'agit pas de vouloir dominer aveuglément, il faut s'accorder. J'éprouvai moi-même la généreuse équité de son âme et qu'il savait revenir sur des préventions,

quand il constatait que la calomnie les avait suscitées.
Je lui en témoigne ici publiquement ma reconnaissance.
Vous avez tout dit sur lui. Je n'aurai garde de vous répéter
avec moins d'éloquence. Je ne veux que déposer, après
votre éclatant hommage, mon humble hommage sur le
mausolée de notre confrère où l'on devrait écrire, avec
un sens plus large et plus profond encore, les mots qui
servent d'épitaphe à un poète anglais : *Cor Cordium*, le
Cœur entre les Cœurs.

Albert de Mun eût été, certainement, un des bons ouvriers des révisions, des réconciliations nécessaires : voilà
Monsieur, la succession que vous recueillez, lourde de
devoirs, lourde d'espoirs. Comme lui, vous êtes orateur,
vous êtes écrivain ; comme lui, vous êtes homme d'action.
Et l'heure, cette fois encore, est décisive. Vous dont la
personnalité actuelle est une résultante de l'École Normale, de l'Université, du libéralisme dans le sens laïc du
mot, et aussi de la foi catholique, de la philosophie sco-
lastique et de la discipline vaticane, vous qui êtes un
bourgeois de Paris devenu dignitaire de Rome, n'aide-
rez-vous pas à pacifier autour de vous ce qui a fini par
s'accorder en vous ? Deux puissances se partagent aujour-
d'hui le Monde, deux puissances auprès desquelles toutes
les autres ne sont que faibles et accessoires. L'une,
confiante en la parole de son Fondateur, dit : « J'ai
devant moi l'éternité » : c'est l'Église ; l'autre, sans pré-
tendre si loin, peut compter sur un long avenir : c'est la
démocratie, qui vient de gagner la guerre. Ah ! Monsieur,
pour la paix du Monde, pour le bonheur des générations
présentes et futures, aidez à leur accord ! Vous avez accès

auprès des représentants de chacune de ces deux forces
mondiales : dites-leur qu'il faut déposer les armes, se
comprendre, se supporter. Représentez-leur qu'elles ne
s'accorderont jamais si chaque parti ressasse sans fin les
méfaits qu'il croit avoir subis de l'autre. Le rameau d'oli-
vier ne se brandit pas comme un glaive. Que ne sais-je les
paroles qui feraient de vous un porteur de rameaux d'oli-
vier, comme eût voulu l'être Albert de Mun, si les an-
goisses de la guerre ne l'eussent fauché? Je ne les sais
pas et, n'ayant point de goût pour les objurgations élo-
quentes, je veux, pour conclure, vous conter simplement
la brève histoire — pleine d'enseignement — de ce que
fit naguère, en une conjoncture malaisée, un curé de mon
pays de Gascogne.

C'était dans un petit hameau des Landes de l'Albret,
quelques maisons autour d'une église, parmi les pins et
les chênes-liège. Deux enfants y recommençaient ingénù-
ment l'histoire de Montaigu et des Capulet; ils s'aimaient
et ne pouvaient s'unir, parce que les deux pères, même
avant de leur donner le jour, avaient commencé de se
quereller. Et je te fais un procès, et tu m'en fais deux...
Et je te bâtis un mur devant ta maison pour te couper la
vue; et tu barres le ruisseau chez toi pour m'envoyer un
marécage à cinquante pas de mon jardin. Et tu me fais
jeter un sort sur mon bétail par le sorcier; et moi je fais
manger à tes vaches l'herbe qui gâte le lait. Ainsi de
suite... Chacun des deux paysans entrait en frénésie dès
qu'on lui parlait de l'autre, énumérant les indignités qu'il
avait subies.

Et pourtant le curé, qui voulait marier les deux enfants,
sut réconcilier les pères ennemis. Savez-vous comment il
fit? Il prit à part chacun des deux et lui dit : « Quand tu
vois l'autre, au lieu de penser tout le temps aux misères
qu'il t'a faites, pense donc, bête, à tous les tours que tu
lui a joués : et alors, au lieu de grincer des dents, tu te
mettras à rire !... *Penso à tout ço qué l'y as hey, et aou liou
de rigagna de las dens, rirats!* Au fond, c'était le conseil
évangélique de la paille et de la poutre, mais adapté :
plutôt que d'inviter un Gascon à méditer, mieux vaut
l'engager à rire. La preuve que le curé avait raison, c'est
que l'idée séduisit les deux ennemis. Ils déjeunèrent
ensemble au presbytère. Chacun avait la face hilare,
rêvant à toutes les brimades endurées par son voisin. Et
peu de temps après, l'aventure finit par un joli mariage
d'amoureux, que bénit le curé gascon...

Monsieur, ce ne sont pas tant les idées qui se sont fait
la guerre, en France, que les hommes, serviteurs souvent
imprudents des idées. Le conseil ironique et pacifique du
curé gascon n'est donc pas impertinent à leur proposer :
Penso à tout ço qué ly as hey!... Ou, pour parler en termes
plus dignes de cette grande cause, faisons tous notre
examen de conscience, et, l'âme sincère et sans fiel,
marchons, Français réconciliés, vers la paix promise aux
hommes de bonne volonté !

Paris. — Typ. de Firmin-Didot et Cⁱᵉ, imprimeurs de l'Institut, 56, rue Jacob. — 54675.